Van Minschken un Schwuinen

Vassemer Cheschichten

sammelt un upschriewen van

Helga Uhlmann

Herstellung und Verlag: Books on Demand GmbH, Norderstedt

ISBN 978-3-8370-1392-4

Leiwer Liäser,

Ick fröwwe mui, dat diu dütt Beoiksken inne
Hand hölst, un ick wünschke dui, dat diu buin
Liäsen sau vierl Spoaß häs, os ick buin
Schruiwen.

Eins mott ick dui no seggen: Fo Platt chiw et
keine fasten Schruiwregeln. Ick häwwe mui
bemögget, olls sau to schruiwen, dat diu buin
Voliäsen keine Malessen met de Iutsproake
häs. Dat „S" annen Anfang vonne Wöer moss
diu scharp iutspriäken. Owwer dat weisst diu
jä siäker.

Wenn diu van Vassem iut int neichste Duarp
föhrst, dann kann woll suin, dat se doa
mangche Wöer anners küiert. Denn wo hett dat
sau schön: „Olle teggen Kilometers bliäkt de
Rüe anners". Owwer wui vostoaht us doch, un
dat is de Hauptsake.

Un niu vierl Vochneugen buin Liäsen.

Helga Uhlmann

Hans im Glück

Manche Minschken hätt mähr Chlücke os annere. Van Sunndachskinner will ick huier nich küiern, doa läuwe ick sauwiesau nich an, dat de Dach van de Cheburt fo dat chanze Liärben wat to beduien häw. Owwer et is nich aftostruiden, dat einige Lüie en biärder Vohältnis to Fortuna hätt os annere.

Kurti is einer van düsse Suorden. Un wat suine Mamm' is, de kann dat no biärder. Wat häw de nich olls oll chewunnen: Fotoapparat, Koffemaschuinen, Droahtiäsel, Bäuker, Feotball, Wiärkenende fo twei, eine Wiärken Mallorca un wat nich olle. Bui Kurti löpp dat nich chanz sau cheot, owwer ümmer no biärder os bui iuse enner, de olle Joahr moal veier in'n Lotto hätt. Kurti steiht up den Standpunkt, dat man den Chlücke auk en biärden noahelpen draff. Wo man dat maken mott, häw hei us up'n Stadtfest in Vassem wuist.

Junge, dat was ne dulle Saken, dütt Stadtfest, doa was derbe wat lös.

Dat was dat erste Stadtfest in Vassem un häw chluiks inschloahn! Doa hätt se sick onnick wat infallen loaden. Et wörn jau baule mähr Lüie unnerwechens os Sünne Peider. Un olls dreggete sick ümme den niggen Schwuinebrunnen. Doa hätt se son'n bronzenen Kiärl (owwer wat fo'n stattlicken) hensett, de enne Schnuisen met Würsten up de Schullern dräch. Up düsse Wuise hätt se früher de Wuorst innen Rauk brocht. Un düsse Kiärl wärd van achtern van enne Sugen unnerlaupen un dat süht chüst sau iut, os wenn hei sick baule nich mähr haulen könn. Up den Rand van den Brunnen stoaht no twei Schwuine met schadenfrouhe Chesichter. „Die Rache des Schweines" sall dat chanze beduien, häw de Künstler, de den Brunnen makt häw, sächt.

Na, wui willt nich huopen, dat olle de Schwuine, de se in Vassem oll schlachtet hätt, sick no noadrächlick rächen willt!

Sau, huier van af un doa up teo – trüge teo iusen Kurti. Os Hauptchewinn bui de chrauden Volosung chafft en Fiärken; na,wat denn süss!

Dat richtige Chewicht was to roan un wekker an neichsten rankamm, konn sick dat Fiärken unner den Arm klemmen. Kurti was oll chanz beinig. Hei dachte bui sick: „Up dat Chlück alleine kann ick mui nich voloaden, doa mott ick no en biärden mähr an doahn!"

Ein Haupen Lüie stönnen ümme dat Schwuin herümme. Einer wusse et no biärder os de annere, wat dat Dier woll weigen konn. Auk en paar Buern un Schlachter wörn doabui, van dennen man anniähmen konn, dat se woll Ahnung doavan hödden. Kurti passe up os'n Luchs un kreich oll chanz raude un spisse Oahrn van't Teolustern. Os hei lange cheneoch spekeleiert hadde, koffte hei sick drei Teil-niähmerkoardens un schreiw up den einen Sierdel dat Chewicht, dat noa Ansicht van de Fachlüie dat richtige wör. Up de tweiden Koarden schreiw hei ein Pund weiniger un up de drüdden ein Pund mähr. Dann chaff hei de Koardens af un chöng lös, ümme sick met einen Kuorden un einen Langen van de Anstrengung to erhalen.

Ümme Middernacht was't dann sau wuit, de Chewinner was feonen un bekannt chiewen. Un met de Kiärkenuhr schlauch auk Kurti suine chraude Stunne – dat Fiärken was suine!

Doa stond hei niu an'nen Schwuinebrunne met dat Fiärken in'n Bollerwagen. Olle suine choen Bekannten un Fründe läuden em haugeliärben un spekeleierden up ne Inladung to'n Spanfiärkeniärden.

Kurti owwer soahch nich besonners chlücklick iut. Ollerhand chöng em innen Koppe rümme. „Wat niu? Wohen met dat Dier? Noa Hius hen, jau, un wat dann? Hei hadde doch keinen Schwuinestall. Solle hei et innen Choarn doahn? (Nei, de schöne Rasen) Innen Keller? (Nei, de nigge Kellerbar) Inne Charage? (Nei, dat duier Auto)!"

De Schweit leup em vannen Koppe van dat vierle Üowerleggen. „To friäden mot et doch auk wat häbben! An besten wör, et forts to schlachten, doch wekker sall dat doahn? Ick kann dat nich. Un wat sall muine Fruwwen doato seggen, wenn et trüge kümp?" Hei was fo ein paar Dage Strauhwitwer. Düsse leste Schreck was woll de leigeste. Un in de chröttsten Naut kamm em de rettende Idee: Hei siär to de Festleitung, hei woll'n choet Wiärk doahn un dat Schwuin stiften fo enne Vosteigerung to Chunsten fo de Aktion Suorgenkuind.

Sau kamm et dann auk, un Kurti suin Chlücke word en Chlücke fo annere, de et neudiger hätt. Doch Kurti häw doabui lährt, dat Chlück metunner auk eine Last suin kann.

Un hei chöng frouh un chlücklick ohne Schwuin no Hius – chanz os de „Hans im Glück".

Blauts de, de sick oll up'n billigen Broan druagen hadden, maken lange Chesichter.

Kurti drömmt

Nau düssen Erlebnis met dat chewunnen Schwuin hadde Kurti ennen Draum, ümme nich to seggen, ennen Albdraum!

Hei drömmde, hei make no ennen lüttken Oahmd-Spazeierchang. Suin Wech föhrde em to den Schwuinebrunnen. Keine Minschken-siäl iuder em was unnerwechens. Hei sette sick en bierden dal up einen van den Pömpels, de doa stoaht un woll den „Frieden der Nacht" chenießen, owwer et word em vomuckt kault unner de Mäse. Doa könn sick so'n Stadt-vertreter doch no 'ne Masse Stimmen halen, wenn hei de uppolstern leide – up eigene Riärkung, de Stadt is arm. Up einmoal word et helle inne Lucht. Hei keik noa buoben – un wat soahch hei? Ne fleigende Unnertassen – ein UFO!

Hei wunner sick char nich – innen Draum is olls mürchlick. Hei wunner sick auk nich, os dat UFO lande, donne bui em, un riut stuigen de Astronauten, de soahgen chüst sau iut os

Schwuine. Lüttke un chraude. Bet up sau chreune Unnerbüxen wörn sei rosig un nakeld.

„Sei gegrüßt, Erdenbürger", küierden sei to em in choen Haugeduitschk. „Wir kommen vom Planeten Suhle im Sternbild Schwein. Unsere Späher haben uns berichtet, dass man in dieser Stadt Wesen von unserer Art sehr verehrt. Man hat uns auch von diesem wunderbaren Denkmal berichtet, das wir hier besichtigen möchten."

„Jau," siär Kurti, „dat kann'm woll seggen, dat wui huier in Vassem de Schwuine chanz besonners chärn hätt. Iut düssen Chrunne hätt wui jä auk düssen Brunnen maket un et fröwwet mui, un dat draff ick auk woll fo olle Lüie in Vassem seggen, dat jui de sau cheot cheföllt."

De iuderiärdschken Schwuine vostönnen Kurti suin Platt cheot un sei wollen em no'n bierden wat froagen.

„Men teo," siär Kurti, „wat willt ji denn wiärden?"

„In welcher Hinsicht sind Schweine für euch so wichtig, dass ihr uns ein Denkmal setzt?"

„Wirtschaftlich", siär Kurti.

„Arbeiten sie für euch?"

„Mähr odder weiniger."

„Ihr arbeitet mit ihnen?"

„Mähr odder weiniger." Sau langsam word Kurti de Froagerigge unanchenehm.

„Das wirkt sich sicherlich auch auf der politischen Ebene aus. Welches politische System haben Sie eigentlich?"

„Och", mende Kurti. „Doa hätt se sick huier bui us en chanz famoses System iutklamüsert. Wui makt us eine Regierung iut einigen van'n

Volk chewählten Parteien. Un dat löpp – mähr odder weiniger!"

„Und gibt es in dieser Regierung auch Schwuine?" Wollen de Beseukers wiärden.

„Mähr odder weiniger. Owwer sau chenau draff'm dat nich niähmen."

„Und man arbeitet auch gut miteinander ?"

„Mähr odder weiniger!"

„Heißt das, die einen arbeiten mehr und die anderen weniger?"

„Chüst dat is't!"

„Tut denn jeder was er will?"

„Mähr odder weiniger!"

„Sie sind ja nicht gerade mitteilsam", iärgere sick dat chröttste Schwuin.

„Weiniger is mähr!" Kurti haule sick trüge.

„Wir haben eigentlich etwas mehr Entgegen-
kommen erwartet, sind alle Menschen so wie
Sie?"

„Mähr odder weiniger!"

„Vielleicht sind Sie nicht so gut informiert.
Sollen wir uns besser an einen anderen
Menschen wenden?"

„Nich huier in Vassem!" Kurti haul dat fo
vierls to cheföhrlk.

„Obwohl das wunderbare Denkmal hier vom
Miteinander von Menschen und Schweinen
kündet?"

„Wui hätt Schwuine to'n Friäden chärn!" Niu
rücke Kurti met die Woahrheit riut.

„Wie sollen wir das verstehen? Meinen Sie
etwa – oh, nein – Sie wollen doch wohl nicht

andeuten, dass hier Schweine Ihrer Nahrung dienen?"

„Mähr odder weiniger!" Niu word't Kurti angst un bange.

Owwer de Beseukers dreggenden sick ümme un sau riuwe kanns' nich kuiken – sssst – wörn se olle in ehr UFO un – sssst – wech os'n Blitz.

„Doabui kann chüst ick kein Schwuin wat andoahn, dat weit jeder," röp Kurti no achterhiär.

De chanze Nacht häw Kurti no van Schwuinen drommt. Chraude Heerscharen van Schwuinen soahch hei 'gen Hiermel fleigen – un dat leigeste: den Schwuinebrunnen hätt se metnuohrmen!

De Würste send wiär doa!

Iuse schöne Schwuinebrunnen hett jä eigent-
lick „Wursträgerbrunnen", wuil de Haupt-
figur, en stattlicken Kärl, viellichte en
Schlachter odder sau wat is, de enne Schnuisen
up de Schullern dräch, wo an beiden Enden
drei Würste hanget. Dat chanze is iut Bronze
un häw auk ne Masse Cheld kost'. Ümme sau
iärgerlicker is et, wenn sick sücke „Souvenier-
jägers" Würste afsaget un metniehrmt. Dat
kost' de Stadt jedesmoal vierl Cheld, ümme
nigge antoschaffen. Beduerlickerwuise is dat
oll 'n paarmoal vokuomen.

Os de Vassemer Cheschäftslüie den niggen
„Wurstträgermarkt" uppe Beine stellen woll'n,
was et jüst wiär sau wuit. An einen Ende van
de Schnuisen fählen olle drei Würste – oll en
halw Joahr.

Kurti stond en paar Dage vo den Ereignis an'n
Brunnen un küierde met ne choen Fründin doa
üower. „Dat cheiht doch woll nich an, dat bui
sücken „Wurstträgermarkt" de Würste fählt.

Doa hödden se doch oll lange wiär nigge anmaken konnt", mende hei. „Doa häs woll recht", kreich hei to Antwort, „owwer de sind jä auk duier. Viellichte hätt se sick jä auk an düssen Anblick chewüohnt. Kanns dui no an erinnern, wo wui äs annen Festoahmd fo'n paar Joahrn fo so'n Sketch den Schwuinebrunnen noastellt hätt? De Bennatz häw de Kiärl markiert un ein paar Lüidens hät sick os Fiärken kostümiert. Un anne Schnuisen hätt wui Würste hanget, de häw ick no sümmes maket iut aule Strumphosen met Watte doa in, de soagen vomuckt echt iut."

„Dat küont wui doch niu auk maken", reup Kurti becheistert. Diu makst de Würste un ick hange se an, ümme Middernacht, wenn't keiner sütt!"

Ick häwwe jä oll moal votellt, wenn hei sick wat in'n Kopp sett, dann wärd dat duiertuogen. Os „Wurstträgermarkt" was, hangen sess Würste an de Schnuisen. De meisten Lüie hätt dat üowerhaupt nich miärket – einmoal, dat doa wiär sesse hangen un to'n tweiden, dat drei doavan iutstoppte Strümpe wörn, de in'n Wuind sick weggeden.

Owwer einige hätt dat doch seihn un an annern Dach konn'm wat innen Blättken liäsen van „Ersatzwürste" un „edlen Spender". Un en schön Beld was auk doabui.

Lange hätt de Ersatzwürste doa nich hangen, os de Blagen dat spitz kräigen, föhrn se met'n Rae ümmer duier den Brunnen un ruiden de Würste af, tolest leigen de Strümpe dann innen Wader.

Owwer dat Unnerniehrmen häw auk wat Choes hat: ein'n van de städtschen Arbeiters häw sick up einmoal erinnert, dat de drei Würste oll lange wiärfeonen wörn un in'n Bauhof up dat Anmaken toften. Dat word niu tengern noahalt un niu sitt' doa wiär sess „echte" Würste an de Schnuisen.

Un wenn se nich stuohlen wärd, dann hanget se doa in hunnert Joahrn nau.

De Schniggen

Kurtis chanzer Stolt is suin Choarn. Nei, nich sau ennen met Katuffeln, Wurdeln, Bauhnen un Iärfte – doa häw hei nix met innen Sinn. Dat kann'm jä olls billig up'n Markt kaupen, chüst wenn't innen Choarn auk sau wuit is. Auk Bläumkes stoaht doa nich inne, men blauts vo de Hiusduier un up de Terrasse in Pötten. Süss is olls „Rasen" – Chräss un süss nix. Och jau, un en par Dannen un Struiker an'nen Tiun. Hei is derbe abelig met suin Chräss – Enschülligung, met sinnen Rasen! Nich ens en lüttket Marienbläumken odder – bisse dull? 'n Bodderbleomen, up hauge-duitschk „Löwenzahn", draff'n biärden Afwesslung bringen.

Of em dat eines Dages sümmes to langwuilig word, ick weit't nich, up jeden Fall hadde hei ne Idee: Ennen Duik, so'n lüttket Waderlock met Choldfischke, Waderreosen un 'ne Wader-fontänen – dat könne doch de Krönung van sinnen schönen Choarn suin. Innen Koppe konn hei dat oll sau vö sick seihn: uppe

Terrasse sitten annen schönen Sommerdach, 'n kault Beier inne Hand un dat Waderrauschken van suine Fontänen.

Wenn Kurti sick wat innen Kopp sett häw, denn duert dat auk nich lange un de Fata Morgana is Würklichkeit. Sau auk düttmoal. Os olls niu sau was, os hei sick dat vöstellt hadde, was hei derbe stolt. Man mot seggen, et was em auk cheot chelungen. Sochar Poggen hadden sick chanz van sümmes instellt un söngen oahms fo Kurti ehr schönstes Leid. Jau, hei konn sick woll wat inbellen up suinen Duik un hei wuise en auk jeden, de en seihn woll odder nich. Sei hätt auk olle met Low nich spart.

Einer owwer, – et chiw jä ümmer sükke Kleogschuider, siär: „Diu häs'r owwer nich lange Spoass an, wenn diu nich'n paar Schnig-gen int Wader deust, de meut de Algen af-chriäsen, süss is't baule olls vull met Poggen-schlamm un Ahrntchürde.

Schniggen – Kurti wusse woll, wo hei wekke kruigen konn. Inne Neichte van suine Arbeitsstuie, in so'n lüttken Park, was auk so'n Duik, en biärden chrötter os suine, vull met Fischke, Waderplanten un auk Schniggen. Doavan woll hei sick wekke packen. Forts annen neichsten Dach, os hei Fuieroahmd hadde, chöng hei ant Wiärk.

Och, was dat iärgerlick, hei hadde dat Pöttken vochiärden, wo hei de Schniggen indoahn woll. Owwer et mösse nich Kurti suin, wenn de sick nich to helpen wüsse!

Hunnert Meter wuider was so'n Stand, doa vokoffte en Frusminschke Uis, Klümkes, wat to Drinken un sau wat. Doa chöng hei hen un frochte de Fruwwen no enne Plastikteoden. De kreich hei auk, un dao konn hei niu de Schniggen indoahn.

Os de Teofall sau will, kamm chüst suin Chef vobui un wunner sick: „Herr X, was machen Sie denn da?" „Schniggen packen", siär Kurti.

„Essen Sie die etwa?" „Och nei, de send fo muinen lüttken Choarnduik. De sallt de Algen upfriäden." „Das ist ja interessant, das wusste ich ja noch gar nicht, dass das sein muss. Warten Sie, ich helfe Ihnen!"

Un sau chöng annerndachs inne Firma de Cheschichte rümme, dat Kurti met suinen Chef annen Duik innen Park uppe Knei liägen häw ümme Schniggen to packen.

Os Kurti nui met suine Schniggen inne Teoden aftuogen was, fell em unnerwechens in: Dat send doch Waderschniggen – un ick häwwe se sau drüige inne Teoden, doa mot no'n biärden Wader in, süss vokuomt mui de armen Dierkes. Niu was et em owwer lade worn un hei woll nich no ens trüge to den Duik. Doa kamm hei chüst an de Bude vobui, wo hei sick de Teoden schnögget hadde. Hei segg to dat Frusminschke: „Küont jui mui woll so'n biärden Wader inne Teoden doahn?" „Inne Teoden? Mineralwader?", frochte de Fruwwen. „Nei, nei", siär Kurti, „Wader iut'n Kran deut et auk." „Junge", mende dat Frusminschke, „wenn diu so'n Dost häs, denn will ick dui auk woll wat int Chlas doahn!"

Un Kurti mosse dat Frusminschke erst moal upkloarn.

De Kattenfalle

Kurti kann sick cheot met sinne Noahwers.
Owwer up den einen hadde hei doch'n lüttken
Piek. Vandage wuohnt de doa nich mähr,
owwer doamoals hadde de woll an de teggen
Kattens. Un düsse Kattens maken iähr Che-
schäft besonners chärn up Kurti sinnen met
Leiwe chepflegten Rasen. Nich blauts dat'm
doa innen Duistern lichte inne Sch.... triän
konn, et was auk fo dat Chräs nich cheot.

Küiern met den Noahwer hadde nich holpen,
de woll sinne Kattens nich insperrn. Un küiern
met de Diers hadde auk keinen Zweck. Sau
mosse Kurti sick wat anners iutdenken. Hei is
jä en hellen Kopp un sau kamm hei up düsse
Idee: Hei bowwete sau wat os ne Kanuinken-
fallen, de hadde hei moal irgenwo seihn. Dat
word en Kassen, 1,5 m lang, met Droaht anne
Suiden un buoben üower. An'n vöddersten
Ende kamm en Bindfaen met'n Köder –
Wuorst odder'n Heringsstert – un wenn de
Katten in de Fallen chöng un an den Faen reit
ümme an de Wuorst zu kuomen, chöng achtern

enne Klappen runner un dat Dier satt faste un konn nich mähr riut.

Dat Unnerniehrmen klappe bestens. Jedesmoal, wenn enne Katten innen Kassen satt, kamm Kurti mit'n Ömmer kault Wader un chaut'n dat arme Dier üowern Ballich. Wenn sonne Katten sick einmoal'n natt Fell halt hadde, kamm et nich mähr wiär un Kurti sin Rasen bluiw up Duer reggen.

Un dan kamm de Saken met dat Haugewader. Et was chüst up Aulejoahrsoahmd. Vollichte kann de eine odder annere Vassemer sick no erinnern, et is oll einige Joahr hiär. Doamoals leip de Aabach üower un olle de doa unnern wuohnden, van'nen Bahnhuowe bet noa'n Krankenhiuse und auk de Kämpenstroade, hadden Wader innen Keller. Kurti wuohne auk nich wuit van'n Aabach, un sau was bui em auk „Land unner". Owwer hei hadde olls onnick dicht maket, de Kellerfensters un auk de Terrassenduier, un lowte, hei könne niu met choen Chewiäden met sinnen Fruinden Sylvester fuiern.

Fuif Miniuden noa twialwe un „Prost Nijoahr"
wolle hei doch moal to Hius no'n Rechten
seihn. Un hei kamm chüst passend. Inne
Tüskentuid was dat Wader 'n derben Enne
heuger stiägen. Bui Kurti was olls inne Ruige,
hei hadde cheot afdichtet. Owwer inne
Noahwerskop, doa was Holland in Naut! De
hadden nich sau cheot vosuorget un de Kellers
vull Wader. De Fuierwehr was olle men an
pumpen un olls was in helle Upregung.

De eine Noahwer vomisse sinnen Rüen un
frochte jeden: „Hätt jui nich iusen Rüen seihn?
So'n lüttken Dackel? O Chuttechuttechutt!
Wenn de men nich vosiupen is!"

Un dann mende einer van den Minschken, de
doa hölpen: „So'n lüttken Dackel häw ick iärm
no seihn, twei Huiser wuider. Ick häwwe mui
no wunnert, wat de arme Rüe doch fo'n
lüttken Twinger häw!"

Twinger??? Kurti chöng en Lecht up. Hei leup
no Huis un – Duiwel auk! – de Dackel satt in
de Kattenfallen un konn nich wiär riut, hei

hadde sick woll de Wuorsttrellen schnöggen wollt. Tengern hadde Kurti dat arme Dier iut den Kassen halt un no sin Herrchen brocht, daomet et annen Ende nich doch no vosiupen mosse.

Dat Vugelhuisken

De Winter was freoh kuomen in düssen Joahr.
De Choarn was witt van Schnei und wenn'm
iut'n Fenster keik, konn'm de Vügel rümme-
hüpken seihn un no Fouer seuken. Kurtis
Kinner seiden den halwen Dag annen Fenster
uns keiken no de Vügel. Sei kennen oll de
meisten Oarten. De Drausseln, de Beokfinken,
de Meisen un de Rautkeilken.

Baule was Wuihnachten un dat Christkindken
brochte en Vugelfouerhuisken, sau ent, wat'm
met Siugplättkes anne Riuden fastmaken konn.
Un de Vügel hadden oll riuwe riut, wo et wat
to picken chaff. De Kinner fröwweten sick, niu
konnen se de Vügel doch chanz iut de Neichte
seihn. Os et duister word, chöngen olle schloa-
pen, de Vügel un de Kinner.

An'n neichsten Muorn – wat'n Unchlücke -
was dat Huisken wech. Owwer baule hödden
se et wuier feonen, et lagg unnern Fenster
innen Choarn. Kurti make dat Huisken wuier
faste und de Spoass konn wuider choahn.

Owwer et chöng met'n Diuwel teo! Jeden
Muorn lach dat Huisken innen Choarn uppe
Ärn und dat Fouer doatiärgen. Jeden Muorn
dat sülwige Elend. Wo konn dat anchoahn?
Make sick doa enner en leigen Spoass?

No veerteggen Dagen - endlick - word de
Saken upklärt. De Mammen kamm doa up.
Ümmer Oahms, wenn't duister word, hätt se
de Rolläden runner maket. Un wuil dat
Huisken jä men blauts met sau Siugedinger
anne Riuden klefft was, fäll dat duier den
Schwung runner, os'm sick jä denken kann.
Dat was des Rätsels Lösung!

Kurti koffte en anner Vugelhuisken, met
Staken doa unner, und stellde et sau donne ant
Fenster os et chöng. Un de Blagen un de Vügel
wörn tofriär.

Wolkenschau

Kurti satt up de Bank in suinen Choarn. Hei
hadde chüst den Rasen mägget un woll sick 'n
bierden ressen. Et was derbe warme an düssen
Dach un et konn auk woll no en Chewitter
chiewen. Dicke Wolken tuogen an'n Hiermel
voüower, schneiwitte un auk chriuse, de en
bierden deiper hangen un unner den witten
hiärtuogen. Dat was cheot antokuiken un
met'n bierden Fantasie konn'm doa allerhand
in seihn: Minschken, Diers, Huiser un mähr.
Kurti kamm int Simmeleiern. Doa, dat lange
witte met den runden Kopp un Fittkes – jau,
dat soahch jüst sau iut os de Drache iut den
Film „Die unendliche Geschichte"! Un doa
achtern - dat was'n Pleog mit en chrauden
Ossen doavo!

Hei reup sin Frusminschke. „Kumm, sett di äs
dal. Hör up to hassebassen, de Dach is no lang.
Kuik äs, doa buoben annen Hiermel, dat is jüst
so interessant os Fernsehen. Kanns doa links
dat dicke Wuif seihen, met dat lange Schlaht
van Kleid?"

„Nei", siär et, „fo mui send dat twei Köppe, de
eine mit den langen Hoar is'n Lüid und de
annere kann woll en Jungen suin, met 'n Boart.
De kuomt sick neuger, ick läuwe de willt sick
'n Soiten chiewen."

„Jau, dat kann woll suin", mende Kurti, „pass
up, chluiks buit se sick! Owwer doa achtern
seih ick enne Kutschken, enne witte
Hochtuidskutschken, sau os iuse doamoals.
Och, wat wörn dat doch fo schöne Tuiden."

Doa hadde hei owwer int Fettnäppken triän:
„Un niu hätt wui woll keine schönen Tuiden
mähr? Niu kumm men wier runner van duinen
Hiermel, diu moss no den Müllömmer anne
Stroaden stellen!"

De Wannewurp

„Muin schöne Rasen – kuik dui dat an – liuder
Haupens! Dat mot en Wannewurp wiersen
suin! Na, teuw äs, ick sall di woll kruigen un
dann cheiht et dui leige!" Sau bölke Kurti
eines Muorns lös, os hei de frischken
schwatten Haupens up suinen met sau vierl
Leiwe chepflegten Rasen soahch.

Hei küerde erst moal met suinen Noahwer, de
hadde kuordens dat sülwige Elend metmaket.
„Wo bis diu dat Untuiges lösworn?"

„Jä", siär de, „erst woll ick ne Fallen upstellen,
owwer dat is jä vobuon! Un denn häw ick en
Schild in den Wannewurpchang upstellt met
de Upschrift: ‚UMLEITUNG' un denn send se
olle doa achtern inne Wischk ümmetuogen."

„Och, diu dösige Kerl, ick lot mui doch nich
van dui voapen!" Wahnig tauch Kurti af. Hei
chöng innen Feld- und Gartenmarkt un frochte
üm Roat. „Ick häw ens hort, wenn men liege
Flaschken inne Löcker oder Haupens stoppt,

dat sall helpen. Oder hätt jui wat bierder't to beien?"

„Es gibt Fallen, darin fängt man die Tiere lebendig und setzt sie dann anderswo aus", siär de Vokäuper.

„Junge, dat wör doch wat. Ick packe dat Dier un sette et bui muinen leiwen Noahwer iut, de mui sau voalbern woll", dachte Kurti bui sick. Owwer dann kammen em doch Twuiwel: „Nä, dat cheiht nich, dat is to dichte bui, denn is de Wannewurp baule wuier bui mui."

„Und dann haben wir noch so ein kleines mit Batterien betriebenes Gerät, das sendet ‚kleine Erdbeben' aus und vertreibt so die Maulwürfe und Wühlmäuse." De Vokäuper chaw sick olle Mögge.

Kurti was becheistert: „Dat niähme ick! Dat is't!" Teovosichtlick chöng hei no Huis un wuisede dat Cherät suine Fruwwen: „Up eine Oart sall dat woll helpen – entweder de Wannewurp wannert iut, oder lacht sick daut!"

De Saken met dat Flitzepee

Et sall Lüie chiewen, de sick met Afsicht dat
Rad klauen loat odder teo fiul send to'n
Afschleiden. De Vosierkerung tahlt jä! To
düsse Suorde hört Kurti nich. De knosst met
suin aulen Rae met, wenn hei met Fründen 'n
Radtour makt; hei häng an dat aule Flitzepee,
wat em oll sau vierle Joahr choe Denste leistet
häw. Hei un sin Droahtiäsel send nich „platt"
teo kräigen.

An ennen schönen Oahmd inne Mechtuid woll
hei no'n bierden duier de Stadt juckeln. Hei
hale sin Rad iut de Charage un wuil hei sinne
Büxenklamern vochierden hadde, stell hei et
anne Duier af un chöng no ens trüge int Hius.
Twei Miniuden läder was hei wier doa – un
dat Rad wech!

Niu häw hei nich butz dacht: „Niu chiwt'n
nigget!" Nei, hei sinnier blauts: „Wo kuome
ick doa wier an, wo kriuge ick et trüge?" Wuit
konn de Deiw jä no nich suin. Konn doch woll
suin, de de men blauts bet to'n neichsten

Wärtshius strampelt was. Nei, sau lichte woll
Kurti et den Deiw nich maken! Dat woll hei
doch jüst moal seihn. Hei sedde sick in suin
Auto un föhr no de neichsten Kneipe un hale
Iutkick, owwer doa was nix to seihn. Niu,
dann vollichte bui de tweiden – auk nix. Un vo
de drüdden – holt! Doa stond suin Rad,
midden vo de Duier.

Wat was to doan? Solle hei einfack rinchoahn
un froagen: „ Wekker van jui häw mui dat Rad
stuohlen ? Nei, sau dösig konn woll keiner
suin un sick mellen! Polssei halen? Un in de
Tüskentuid was dann de Deiw met'n Rae wier
wech! Dann kamm em de rettende Infall – hei
hadde jä no den Schlürdel van dat Rad inne
Taschken! Hei namm den Schlürdel un schlott
dat Raf af. Sau! Niu willt wui es seihn.

Hei sedde sick in't Auto un towte. Lange
briuke hei nich to teuwen, noa teggen
Miniuden kamm de Deiw riut un chönk no dat
stuohlene Rad. Hei woll sick doavan maken –
owwer et chönk jä nich, dat Rad was jä
afschluorden! De Deiw fönk liuthals an teo

scheilen. Niu kamm Kurtis chraude Stunne.
Hei tratt up den Deiw teo un frochte chanz
fründlick: „Is wat met den Rae?" „Vodammi
jau," siär de Deiw, „enner häw mui dat Rad
afschluoden, sücke Frechheit!" „Vollichte
is dat jä char nich jui Fahhrad?", frochte
Kurti. „Ick kenne doch muin Rad", sär de
Deiw. Niu konne Kurti nich an sick haulen:
„Diu unvoschiämte Kiärl! Dat is üowerhaupt
nich duin Rad! Dat is muine! Dat häs diu
stouhlen! Dat häs diu vo ner halwen Stunne vo
muine Hiusduier wegschnappt! Teuw es, niu
hale ick de Polssei!"

Owwer de Kiärl towte nich. Sau tengern
kann'm baule nich Rad föhrn, os de laupen
konn.

Kurti leut em laupen. Hei hadde jä suin
Rädken wuier. Vochnoicht stiuch hei up un
föhrde no Hius. Dann chöng hei no ens to
Feode trüge un hale sin Auto. Hei was best
tofriär – so'n interessanten Oahmd hadde hei
lange nich hatt.

De lesten Medizin

Kurti hadde 'n leiget Auge. Et was sau
chleunig raut os 'n Hexenauge un däe em
derbe weih. De Trainen läupen em olle men de
Backen runner. De Doktor siär: „Bindehaut-
entzündung", un schreiw em Drüppens up.
Kurti chönk met suin Rezept no de Apteiken.

"Sie haben Glück", mende de Apteiker, „das
ist die letzte Flasche in ganz Versmold! Zur
Zeit haben so viele Leute Bindehautentzün-
dung, dass alles ausverkauft ist und heute ist
Sonntag, da bekomme ich erst morgen wieder
eine neue Lieferung."

Kurti bedanke sick un make sick wiär up'n
Patt. Suin Wech föhrde em üower de Brüggen
van'n Aabach. Up düsse Bierke chiwt ümmer
ne Masse Iähnen. Jeden Middach steiht doa en
Frusminschke und schmitt Braut un sau wat fo
de Iähnen int Wader. Sau auk vandage. Et
was'n Heidenspiktakel! Kurti liähne sick
üower dat Cheländer ümme biäder to seihn.
Dat is jä auk cheot antokuiken, wo de Iähnen

met Quaken un Scheilen sick chiergensuitig de besten Brocken afspenstig makt.

Dat leige Auge was fo'n Moment vochierden und hei vochatt auk, dat hei de Medizin inne Hand hadde un – plumps! was se in't Wader fallen. Wat fo'n Malör! De lesten Medizin in chanz Vassem. Un dat auk no up'n Sunndach! Kurti konn de Schachtel no seihn, se schwamm buoben up'n Wader un druiwe langsam af. Wat niu? Wat was to doan? Hei läup annen Oiwer lang. „Choah ick in't Wader oder doah ick et nich? Owwer et ist jä de lesten Medizin!"

Also – Scheoh iut, Büxen hauge krempelt un rin inne Bierke! Dunnerwiär! Dat Wader was doch deiper, os hei dacht hadde un sau word em de Äs auk no natt. Owwer Hauptsake, hei hadde suine Drüppens wuier.

Os dat sau is, wenn et wat to seihn chiw, butz send en Haupen Lüie doa. De klatschkeden auk no Buifall, os hei iut'n Wader stuig un met de Scheoh inne Hand un de Medizin inne Taschken sick tengern up den Wech no Huis make.

De Schlappen

Sau is niu moal de Laup de Welt: Eines Dages
send de Kinner chraut un fleiget iut.

Un de Öllern meut jeden Dach an de liegen
Kamern vobui un auk wenn sei an de Kamer-
duiern fluidig vobui seiht, chiff dat doch
jedesmoal 'n lüttken Stierke. Denn de Blagen
hätt met iähren Tuiges auk'n Stücksken van'n
Harde der Öllern metnuohmen.

Kurti hadde niu auk so'ne liegen Kamern
innen Hiuse. Hei feule sick auk nich biäder
doabui os annere Öllern. Owwer eines Dages
mende hei, dat et niu Tuid wör, düssen
Teostand to ännern. Hei woll dat Timmer
renovieren un enne Chästekamern doa iut
maken. Dann können de Kinner, wenn se moal
up Vosuiten keimen do komod üowernachten
un – wekker weit – eines Dages auk de Enkel-
kinner.

Sau fönk hei an to tapssiern un struiken; et
kamm'n niggen Teppichboden rin und nigge

Chaduinen un auk nigge Möbel. Dat make hei olls sümmes. Oahms noa de Arbeit un Soaderdachs. Os hei dat nigge Kläerschapp upstellen woll, mosse sinne Fruwwen met anpacken. Erst word olls tohaupe bowwet un dann „hau ruck – un eine, tweie, dreie!" stond et anne de richtigen Stüie.

Owwer wat'n Malör – sin linker Schlappen was unner dat Schapp bliewen. Hei hadde dat vohiär woll miärket und dacht „den hale ick mui chluiks wiär." Doch dann hadde hei erst de Börde insett, de Duiern inhangen un de Trecken inschuoben – un niu konn hei do nich mähr an! „Niu is't echoal", siär hei, „dat wärd nich no ens iut'n eine bowwet. Niu bliw de Schlappen doa unner!"

„Baule is Wuihnachten", mende sinne Fruwwen, „vollichte bring dui dat Christkindken jä nigge Schlappen."

Chottvotruwwen

Kurti votellt chärn düsse Cheschichte, wenn
hei kloar maken will, dat de Lüie oft nich
bechruipt, wat dat beste fo se is:

En Duorp, einsam cheliägen, vierl Wald
rundümme un auk Wader un Moor, kreich
ennen niggen Pastour.

Hei was 'n choen Minschken un Pastour met
vierl Chottvotruwwen un 'n festen Chlauben.
Hei kamm auk cheot an in sinne niggen
Chemeinde; hei konn onnick priergen. Dat is
jä auk wichtig.

Os hei sick oll drei, veier Wiärken inlierwet
hadde, woll hei sick eines Sunndachs noa 'n
Chottesdenst en bierden in suine Chemeinde
ümmekuiken. Hei make sick up 'n Patt noa 'n
Holle hen. En Buer kamm en inne Moide un
fröwwete sick: „Dat is owwer schön, Herr
Pastour, dat Sei sick iuse Chiergend ankuiken
willt, jau, bui uns kann 'm et woll iuthaulen.
Owwer choaht Sei nich to wuit, doa achtern

Hagen fänk dat Moor an un wekker dat nich kennt, de is voluorn."

De Pastour bedanke sick un mende, hei wolle woll acht chiewen. Owwer wo et sau is, wenn'm de Chiergend nich kennt, hei kamm met einen Trett van'n Patt af un satt bet anne Knei inne Mudden un kamm nich wiär riut.

Os et de Teofall sau woll, kamm jüst in düssen Augenblick de Fuierwehr vobui, achtern Holle chaff et en lüttken Brand.

De Fuierwehr hadde den Pastour woll seihn un wollen em riut helpen, owwer hei siär: „Föhrt men wuider und doaht jui Pflicht, ick truwwe up den Herrchott, de sall mui woll riuthelpen."

De Fuierwehr hadde den Brand ruiwe löschket un föhrde trügge. Doa kammen se auk wiär an de Stuie, wo de Pastour inne Mudden satt un un woll'n äs kuiken, off hei wiär riut was.

Nei, hei satt doa ümmer no inne, niu bet annen Biuk un woll sick no ümmer nich helpen loaten. „Ick votruwwe up den Herrchott, de sall mui woll riuthelpen.

Wekker nich will, de häw oll! De Fuierwehr föhrde no Hius. Owwer einen van den Männer häw't keine Ruhe loaten; twei Stunnen läder isse noch ens lös föhrt, ümme no den Pastour to kuiken. Niu satt de bet annen Hals inne Mudden, woll sick owwer pattu nich helpen loaten. „Ick votruwwe up den Herrchott, de wärd mui helpen!"

Doa was niu nix to maken, de Mann föhrde wiär trügge, un de Pastour make „gluck, gluck" un wech was hei.

Wuil hei so'n choen Minschken wiärsen was, kam hei butz vo den leiwen Herrchott. „Leiwe Herrchott", siär hei, „ick sin doch en bierden enttäuscht. Ick hadde mui sau faste up jui druagen und jui hätt mui vosuopen loaden."

De Herrchott schüdde den Kopp: „Mancheinen is nich to helpen! Diu dösige Kiärl - dreimoal häww ick dui de Fuierwehr schicket, owwer diu wolls dui jä nich riut teihn loaden!"

De Kuohlenkeller

Et was lade worn up de Hochtuidsfüier inne Noahwerskop. Et word oll hell, os Kurti un seine Fruwwen noa Hius hen kammen. De jungen Lüie, de buoben wuohnen, hadden nich sau lange duierhaulen un leigen oll lange in'nen Bedde.

„Mammen, häs diu den Huisduierschlürdel?" „Nei, ick dachte, diu häs ennen instiäken." „Nei häwwe ick nich! Wat niu? Denn moit wui ierm pingeln."

Sei pingeln un pingeln - de jungen Lüie owwer hadden 'n choen Schloap. Kurtis biärdere Hälfte fäng an to chruinen: „Niu hätt wui endlich en eigen Huis un kuomt doa nich äs rin!"

„Niu beruhige di men," siär hei. „Vollichte steiht jä einerwechens en Fenster up." Sei läupen rund ümme dat Hius – olls was dicht.

Dann hadde hei ne Idee. „Wui hätt doch
chistern Kührle kräigen, ich läuwe, dat Keller-
fenster häw ick no cha nich richtig teomaket."

Jau, sau wast auk. „Mammen, diu most doa rin
un von innen de Düier lösmaken. Ick kann
nich duier dat Lock, ick sin vierls teo dick!"

„Ick kann dat auk nich, ick häwwe doch dat
nigge Kleid an." „Dann mosse dat ierm
iutteihn – ick weit süss keinen Roat mähr!"

„Na, ja, wenn suin mott!" De Fruwwen tauch
dat nigge Kleid iut un rutschkede innen
Ünnerrock dürt Kellerlock. Baule keik et
wuier hauge: „Diu dösige Kerl häs van innen
afschluorden, ick kuome wiär rup!" Dat was
owwer nich sau einfack. Kurti mosse sick
onnick anstrengen, ümme sin Frusminschke
anne Arme duier dat Lock wiär hauge to teihn.

Endlich stond et buoben. Hei fäng derbe an teo
lachen: „Diu sass di ens seihn! Schwatt von
unnern bet buoben, ha, ha, ha!"

Nui word dat Fruwminschke owwer wahnig:
„Dui kanns cheot lachen! Dui häs den
Schlürdel vochierden und ick mott de Dreck-
arbeit maken. Ick schloh nui enne Ruiden
vanne Hiusduier in, dann sall ick se woll van
innen upkräigen!"

Jau, un sau send se dann doch noch in't Hius
kuomen. Kurti lagg oll lange innen Bedde to
schnuarken, os sin Frusminschke endlich
met'n Schrubben und Waschken feddig was un
iut'n Badezimmer kamm.

Annern Muarn hätt se owwer beide oll üower
ehr Abenteuer derbe lachen konnt!

Kunst

Kurti is kein „Kulturbanause", nei, wisse nich.
Hei läs innen Blättken ümmer dat Kultur-
magazin, hei cheiht int Theater, besöcht
Museen un kick sick chärn Beller an. Met de
moderne Kunst owwer häw hei et nich sau
nüdde. Wenn hei dann sau ennen Maler odder
enne Malerin seggen hört: „Ja, wenn ich
beginne, dann weiß ich noch nicht, was es
werden soll", dann krich hei Teostänne un
ramentert: „Wat'n Chlücke, dat muine
Fruwwen dat nich auk sech, wenn et doabui is,
Middag teo kuoken!"

Vo ein paar Wiärken häw hei inne Zeitung ein
Beld seihn van eine Installatschion van einen
bekannten Künstler, den hei woll süss chanz
cheot liän kann. Düsse Schenie hadde innen
Baum en chraut Deok spannt un met Wäschke-
klamern fastmakt. Hei nömde dat: „Wolken im
Wind". Dat Chanze soahch, ick will moal
seggen, „interessant" iut. Kurti mende dat auk
un dachte, dat könne hei auk woll. Kunst in
sinnen eigenen Choarn – dat wör doch moal

wat anners. Un wenn sau ein chrauden
Künstler dat make, dann mösse et doch auk
cheot suin.

Hei hadde van düssen van en sau voehrten
Mester nau nix kofft, dat was en to duier. Auk
moalt Kurtis Fruwwen olle Beller de se innen
Hiuse hätt, sümmes, up Suide sochoar. Un
iuderdem sech de chraude Mester ümmer,
jeder Minschke wör en Künstler. Düssen
Iutspruok namm sick Kurti niu to Harden.

Hei hale sick en witt Beddelaken unner hellen
Protest van sinne Fruwwen un make sick innen
Choarn ant Wiärks. Hei make dat Laken annen
Lorbeerstriuk fast – dat passe doch cheot,
mende hei – un annen Staken van de Terrasse.
Doabui vobriuke hei olle Wäschkeklamern -
dat make sinne Fruwwen no wahniger. Hei
solle men leiwer Partylechter doa an sticken,
denn könne hei weinichstens nachts auk no
wat hebben van sinne „Kunst". Eigentlick was
dat jä auk keine sau schlechte Idee, owwer
Kurti wolle doch leiwer sinnen Vorbeld
truwwe bluiwen.

Un dann fänk dat Wuif auk no helle an to lachen, os de Noahwer annen Tiun kam un sick anbott, Kurti buin Upstellen vanne richtigen niggen Wäschkespinnen to helpen. Mangche Lüie hätt iärm sau cha kein Chefeuhl vo Kunst.

Sau wuit, sau cheot! Twei Dage läder chaw't inne Nacht en onnick Chewitter met derbe Schuern. Un Muarns höng de chanze Kunst natt un üormelick up den Lorbeer. Et was'n fürchterlicken Anblick.

No den ersten Schreck kammen Kurti Twuiwel: Solle hei dat Laken drügen un wiär van niggen upspannen odder sau loaten? Sau loaten wör am lichtesten, hei briuke jä men an blauts oahms buin Cheiden van sinne Bleomenpötte eine Kannen vull üower dat Deok laupen loaden. Natürlich mösse dat Dingen dann anners heiden: „Wolken innen Riängen" odder sau. Met sinne Fruwwen konn hei üower dat Problem nich küiern un hei dachte auk doa an, den chrauden Mester to froagen, owwer et konn woll suin, dat den dat

nich sau passen däe, dat Kurti sinne
„Installatschion" noamakt hadde.

Wat doa niu van worn is, weit ick nich, owwer
ick läuwe, dat sick Kurtis Fruwwen ohne
wuiders doa oüwer to küiern, dat Beddelaken
wiärhalt un inne Waschkmaschuinen steckt
häw.

Fruslüie denket jä ümmer sau praktisch.

Leigen hätt kuorde Beine

Wat Kurti sinne Schweigerin ist, dat cheiht sunndachs chärn inne Kiärken. Das is jä auk cheot, un dat sollen men vierl mähr Lüie sau haulen. Dat Mannsminschke, dat doa teo hört, Kurtis Broer, bliw owwer sunndachs chärn no'n biärden länger innen Bedde. Owwer sinne Fruwwen stuorkert dann sau lange, bet hei upsteiht un metcheiht.

Noa 'ne schöne Famuilgenfuier was et doch derbe lade worn, man kann auk seggen „freoh". Un de Broer siär to Kurti: „Diu häs et cheot, diu kanns muorn iutschloapen, owwer ick weit niu oll, dat ick wiär met inne Kiärken mott."

Kurti mende: „Dat kann jä woll duin Schae nich suin."

„Nei, dat woll nicht, owwer noan so'n schönen Oahmd os vandage däe ick chärn auk moal iutschloapen!"

„Jau, dat kann ick woll vostoahn. Owwer ick weit wat, sech doch einfack to duine Fruwwen, de Kiärken föllt vandage iut, de Pastour häw sick 'n Bein bruoken."

„Mann, dat is ne Idee! Dat voseuke ick!"

Et was würklick ne choe Idee. Veier Wiärken klappe dat met'n Iutschloapen. Dann dachte dat Frusminschke bui sick, et wolle sick doch moal noa den Pastour sinne Chesundheit erkundigen. Et reup bui de Hiushöllersken van den Pastour an: „Ick woll moal wiärden, wo et denn niu den Herrn Pastour sau cheiht."

„Och, den Pastour cheiht et choet, worümme willt ji dat denn wiärden?" Frochte de Hiushöllerske.

„Hei häw sick doch ein Bein bruoken un ick wüsse chärn, wann et wiär lös cheiht met den Chottesdenst." De Schweigerin wunner sick en biärden.

De Hiushöllerske wunner sick auk: „En Bein bruoken? Dat wüsse ick owwer. Hei is munter os'n Fischk innen Water! Un den Chottesdenst häw hei auk ümmer haulen, jeden Sunndach."

De Schweigerin mosse sick derbe tohaupe ruiden: „Na, denn is't jä choet. Vierlen Dank auk!"

Owwer to Hius was't met'n Tohauperuiden vobui. Dat chaw en derbe Donnerwiär. Drei Dage häw et dann nich mähr met sinnen Ehemann kuiert, bet sunndachs, os et en wiär iut'n Bedde schmierden häw!

Schinkenkloppen

Af un an häw Kurti Aptuit up Pizza.
Italienische Wärtshuiser chiw et jä vandage
auk in de lüttkesten Stadt. Un sau make Kurti,
os en wiär de chraude Schmacht üowerkamm,
sinne Famuilje un en paar Fründe mobil un
man chöng to'n „Italiener".

Et chiw jä ne Masse Suorden von Pizza un dat
Iutseuken duorde lange un intüsken hadde man
auk oll'n paar Beier drunken. De Bestellungen
wörn upnouhmen un men fröwwede sick niu
up't Iärden. De Pizzen wörn denn auk allerbest
un olle annen Diske cheot tofriär. De Wärt
chaw denn auk no ennen iut un de Stimmung
stuich.

Os et ant Betahlen chäng, kamm de Wärts-
fruwwen sümmes, enne schöne schwatthörge
stattlicke Italienerin, sonne richtige Mamma
met deipe Stimme un choe Liune. Kurti was de
Leste buin Betahlen und buin Wesseln fäll de
Mamma en Cheldstücke uppe Ärn. Chalant os
iuse Kurti niu is, sprang hei up un bucke sick

noa dat Cheldstück. Doa konn de Fruwwen
nich wuierstoahn und chaff en 'n onlicken
Klaps up't Ächterdeil.

Hei voföhrde sick nich weinig, siär owwer nix.
De Tropp hadde dat auk seihn un se wüssen
fo'n Augenschlach nix to seggen.

Owwer biuden chöng dat Gelächter lös. „Duin
Schinken häw et den Frusminscke woll
andoan!" „Os Kinner hätt wui auk ümmer
‚Schinkenkloppen' spierlt."

Wenn Kurti niu Aptuit up Pizza häw, hett dat
ümmer: „Lot us men to'n Schinkenkloppen
choahn!"

Schwatte Katuffeln

In'n Hiärwst is in Bocholsen ümmer Katuffel-
markt. Doa is derbe wat löss, et chiw doa jä
nich blauts Katuffeln to bekuiken. Vierle Lüie
föhrt chärn doahen, auk de Vassemsken.

Sau auk Kurti un sinne biädere Hälfte. Sei
bekeiken sick olls un adden Katuffelpanne-
keoken, kofften Hiärwstbleomen un 'nen
dicken Kürbis. Os sei dat Laupen leid wörn,
maken sei sick up den Trügepatt.

Up einmoal bleiw Kurti stoahn – dat hadde hei
noch nich seihn, wat de Buer doa innen Kuarw
hadde. Katuffeln, jau – owwer schwatte!
Eine doavan hadde de Buer duierschnien – und
diu sass et läuwen odder nich – auk van innen
wör se schwatt. Ümme bui de Woahrheit to
bluiwen – nich richtig schwatt, mähr sau
duister blow odder lila.

„Wat is denn dat fo ne Suorde", frochte Kurti.

„Blauer Schwede", siär de Buer, „un de

schmecket chanz best. Huier probeier ens!"
Un hei däe em en lüttket Fellbüttken. Kurti
probeier und jau, de Cheschmack was
eksellent.

„Off ick de auk woll in muinen Choarn planten
kann und bringet de auk onlick wat an?"
frochte hei. „Jau", siär de Katuffelagronom,
dat kann ick Jui met Sierkerheit teoseggen!"

Sau koffte Kurti 10 Kilo Soatkatuffeln –
schwatte Katuffeln – un chöng stolt sinner
Wiäge un sin Frusminschke koppschüddent
achterran, sei was sücke Fliern jä van em
chewüohnt.

Innen neichsten Freöhjoahr chöng Kurti anne
Arbeit. Hei sochte sick dat beste Stücke Land
innen Choarn fo sinne Katuffeln iut. Sinne
Fruwwen konn de Bleomen jä wo anners
planten.

Jeden Dach keik Kurti niu noa sinne Katuffeln,
den chanzen Sommer üower. De maken sick

auk chanz cheot un blöggeten schön lila un auk de Strünke wörn mähr lila os chreun.

Un dann kamm endlick de Arntuid. Fuif Küorwe vull hadde Kurti iutbuddelt. Un de Katuffeln sögen auk richtig schön schwatt iut.

Un denn chöngt ant Iäden. Uppen Teller os Soltkatuffeln met witte Soße un Kohlrabi sögen se jä interessant iut un schmecken em biäter os jede annere Katuffel in sinnen Liäben. Innen „Middach dürnanner" owwer maken se sick doch en biärden wunnerlik un os Katuffelpannkeoken no mähr. Dat Auge ätt iähms met!

Un dann stelle sick riut, dat de Katuffeln derbe anfällich fo't Fiulen wörn. „Niu meut wiu us owwer ranhaulen met'n Upiärden, süss is olls ümmesüss wiäsen, dat Cheld, de Arbeit un de Vofreude," siär Kurtis praktische Fruwwen.

Un sau chaw't niu jeden Dach schwatte Katuffeln. Et chiw jä ne Masse Rezepte fo Katuffeln : Soltkatuffeln, Pellkatuffeln, Broatkatuffeln, Middach-Dürnanner, Pannkeoken, Pickert, Katuffelsiloat un wat nich olle.

Os Broatkatuffeln sögen se leige iut, de lila Ärnappels. Innen Katuffelsiloat wörn se chnädig teodecket van de witten Majonäse.

„Se schmecket jä cheot", siär Kurti. „Owwer et is jä men sau – dat Auge ätt met." Un hei konn se nich mähr seihn!

Owwer dann wörn se endlich olle. „Wosse nich no wekke wahrn, os Soatkatuffeln?" siär sinne Fruwwen scheinheilig. Et konn cheot met Achterstiäke neggen.

„Nei, nei", löggede Kurti. "Cheneoch is cheneoch. Muarn choe ick lös un kaupe schöne chiäle Katuffeln. Ennen chanzen Zentner!"

Händi

„Kurti, häs diu muin Handy seihn? Ick kann't
nich fuinen!"

„Ick sin't owwer baule leid, den chanzen Dach
bisse an seuken, worümme lechs diu dat denn
nich ümmer anne sülwigen Stuie odder stecks
et inne Tasken?"

„Wuil et keine fasten Stuie chiw. Ick sin moal
buoben innen Hiuse, moal unner un moal
innnen Choarn odder Keller. Un de Büxen-
tasken sind bui us Fruslüie nich sau rium os
bui jui Mannslüie."

„Un worümme telefoniersse nich innen Flur
met iusen aulen Telefon, os ick dat auk doe?"

„Dann sin ick jä auk den chanzen Dach an
rümmebaseln van unnern no buoben. Owwer
do brings mui up'ne Idee – ick reope niu van
den aulen Kuierkassen innen Flur muine
Handy-Nummer an un denn hör ick dat Leid,

dat ick do up programmiert häwwe und weit butz, wo dat choe Stück lich."

„Dat ist auk so'n Blödsinn", siär Kurti knürderich. „Wörümme kann dat dann nich bimmeln, os annnere Telefone auk?"

„Ach, diu häs jä keine Ahnung, man mot doch auk met de Tuid choahn. Iuse Dochter häw sick niu so'n Handy kofft – wat diu doa olls met maken kanns! Diu kanns doamet nich blauts küern, nei, auk schruiwen, SMS het dat. Un de Empfänger kann dat dann liäsen, wenn he jüst kein Tuid oder Cheliägenheit to'n küern häw.

Un Musik kanns doamet hörn, twei unnen halwe Stunne. Un met'n Computer kanns auk Videos up dat Dingen laen; wo dat sau chenau cheiht, weit ick auk nich, owwer dat kann'm sick jä wuisen loaden.

Un Beller kanns doamet maken un auk voschicken un de Apparat is nich chrötter os'n Stickenkassen!"

„De Welt wärd ümmer vorückter! So'n lüttket Dingen biss jä ewig an voleisen. Un Beller maken – ick will t e l e f o n i e r e n un süss nix!"

„Sau schlecht ist dat char nich. Wenn diu'n Unfall häs, kanns Beller maken un butz no de Polssei schicken."

"Wenn de de Beller seiht, denn kuomt se ärst char nich, un segget, doa is jä men blauts en Schrammen an to seihn, dat makt man unner jui sümmes aff."

„Innen Chiägendeil, dat is sochar en Beweis fo de Versierkerunk."

„Nei, ick kaupe mui düssen niggemeodsken Kroam nich. Un duier is et auk innen Unner-halt. Un ick will dui moal wat seggen: ‚Handy' wat sall dat fo ne Beteiknunk suin. De Englän-der oder Amerikaner lacht sick kaputt, wenn se dat hört. Dat is nich duitsk un nich englischk – dat is ‚denglisch'. Vo'n paar Dagen häw ick moal seihn, do hadde dat enner met ‚ä' un ‚i'

schriewen. ‚Händi' – dat was en klauken
Mann."

„Un wat segget de Amerikaner doa teo, weisse
dat viellichte auk no?"

„Jau, dat weit ick. ‚Mobile' segget de un dat
wärd ‚mobeil' iutspruoken!"

„Jä, Kurti, wenn diu sau schlau bis, denn
kanns mui doch auk woll votellen, wo ich
mein *transportables, akkubetriebenes
Kleintelefon*
hingelegt habe?"

„Rutsch mui den Buckel runner!" Un Kurti
knalle wahnich de Duier achter sick teo.

Stoff

Os doamoals de Computers upkeimen, was Kurti ärst moal doachiergen. „Wui hätt se bet niu nich bruikt un wui briukt se auk wuiderhen nich", räseneer hei. Dann wörn de Computers in sinne Firma inföhrt un hei mosser sick anne chewüohnen, off hei woll odder nich. Os hei dann de Sake bechrierben hadde, make et em sauchoar Spoass.

Niu, wo hei Rentner is, sitt hei to Hius mangche Stunne an sinnen eigen PC. Hei makt Spierle, schriw Breiwe un „surft" auk innen Internet herümme. Eines Dages fäll em up, dat tüsken de Tasten vanne Tastatur liuder Stoff satt.

„Ick kuome doa nich an, an den Stoff, de Ritzen send to lüttk. Doa mui doch chüst den Stoffsiuger", siär hei to sinne Fruwwen. Hei namm den Huilbessen, make den Feot af, stell den Schalter uppe heuchste Stufe un chäng ant Wiärk.

Dat was men son Kuiken, et make blauts
„klick, klack" un olle Beokstaben-Plättkes
vanne Tasten wörn wech!

„Leiwe Tuid", siär Kurti, „sau reggen woll ick
et niu auk nich häbben!" Hei bürde den Büel
iut'n Stoffsiuger un woll'n chüst ümme
stödden un unnerseuken, doa kamm sin
Frusminschke. „Dat deust diu mui owwer nich
innen Stuobn. Choah doamet inne Charasche,
doa hässe Platz cheneoch un kanns rümme
oilen, sau vierl os diu woss!"

Sau chäng Kurti inne Charasche un kippe den
Büel up'n chraut Stücke Papuier un kleggede
olls iut'n eine. Et duerde nich lange un hei
hadde olle sinne Plättkes wuier. Hei faund auk
no mähr: twei Knäupe, drei lüttke Spierl-
figürkes van sinne Enkelkinner, einen Euro
un enne Schriuwen. Dat Cheld stiäke hei buts
inne Büxentaschken, de Figürkes legge hei
anne Suiten un de Rest kamm wiär innen Büel.

De Plättkes make hei fuin reggen un stiäke se
wiär up, jedes anne richtige Stuie.

De Tastatur konn hei jä iutwennig, hei hadde jä moal vo Joahrn Maschuinenschruiwen lährt: „asdf jklö" un sau wuider.

„Ick häwwe niu olls wiär inne Ruige", votellde hei sinnen Fründ.

„Owwer de beste Methode was dat chüst nich!"

De Fruind woll sick kaputtlachen. „Neichsmoal teihs diu ennen Perlonstrump van duine Fruwwen üower dat Röhr van den Siuger, dann küont de Plättkes doa nich in fleigen, un de heuchsten Stufe briuks diu auk biäder nich!"

„Noahiär is'm ümmer kleuker", brumme Kurti.

Uppe lange Bank

Et chiw 'n Spruok, de luort „Uppe lange Bank schiuwen" odder auk „Nich uppe lange Bank schiuwen". Dat bedütt sauvierl os – olls wat'm erledigen mott, ärst moal upschiuwen.

Ick häwwe so'n kleok Beok, doa steiht inne, dat düsse Spruok doavan kümp, dat in Duitskland, noa de Einführung vannen Römischen Recht, de schriftlicken Akten in langen Truhen, de iutsoahn os ne Bank, upwahrt wörn.

Upschiuwen deut Kurti auk chärn un krich dann ümmer Iärger met sinne Fruwwen, de dann woll chanz spiss sech: „Was du heute kannst besorgen, das verschiebe nicht auf morgen!" Et hölt sick ümmer an düsse Regel.

Kurti owwer is de Meinung, dat sick vierle Saken van sümmes erledigen. Hei häw einfach keine Lussen, sick ümme „unanchenehme" Saken to kretten.

Meist kümp hei auk doamet düier. Ton Buispell lesten Hiärwst. De Appels worn ruip, owwer hei hadde kein Tuit ton Plücken. Dann kamm'n onnicken Wuind üower Nacht un muorns wörn se olle awe. Ton Wahrn wörn de nich mähr un sin Frusminschke wör olle men an Appelbrich kuoken, owwer Kurti ätt chärn Appelbrich.

Dann kamm dat Lauw runner un hei towwte sau lange met keuihern, bet dat de November-wuind olls inne Büschke un noa den Noahwer wegget hadde.

Einmoal solle hei eine Radtour met Fründen iutklamuisern un hei kreich et nich uppe Ruige – un dann föll dat chanze Unnerniähmen sauwiesau iut, wiägen Duerriängen.

Innen Kiegelvoein hödden se Struit met einen van de Kiegelbröers un Kurti solle dat schlichten un hei kamm nich inne Chänge un dann tauch de Struithahne innen annern Ort, wuit wech van Vassem.

Kurti hadde sick 'n nigget Rad kofft und dat aule stond dagelang anne Düiern, un hei woll dat ümmer wechbringen un hadde doch sau vierl anners to doan – un eins Muarns was et wech. Kurti fröwwede sick; hei hadde sick olle Mögge spart!

Owwer vochte Wiäken kamm et anners. Hei hadde oll twei Joahr vosommt, ton Tanndokter to choahn. Niu däe em de leste Backentann buoben links vomuckt weih, un hei mosse innen sueren Appel buiden un sinnen Tanndokter upseuken.

De koppschüdde blauts, os hei dat Malör soach: „Worümme send Sei denn nich eher kuomen? Niu mot de leige Tann riut, doa is nix to redden! Un uppe annern Suiten süht't auk nich cheot iut. Sei briukt ein Chebiss; süss is nix mähr met kawwen un sei küont jä nich blauts van Miälkesüppken liäben!"

Jä – dat is Kurti 'n duiern Spoass worn, van de Puine char nich to küiern. Off hei doa iut woll lährt häw?

De Brill

Noa wiärkenlangen Riängen was in Kurtis
Choarn „Chraut Reggenmaken" neudig. Vull
Uiwer chöng hei ant Wiärks. Hei megge dat
Chräs un schnui de Ränner. De Struiker annen
Tiun wörn auk derbe wuossen un mössen'r
auk anne läuben. Et chaw vierls to doan.

Annen Enne däe Kurti dat Kruis weih un hei
recke un riärke sick luike. Niu miärke hei, dat
suin Brill nich mähr up sinne Niäsen satt.
Dat was niu fo't Kuiken nich sau leige, et was
jä men blauts en Brill fo de Neuchte, owwer
hei wasser sau anne chewüohnt. Dat choe
Stück hadde auk vierl Cheld kost.

Niu chäng dat Seuken lös. De Brill konn jä
blauts buin Schnuin vanne Struiker runner
rutschket suin un in sinnen Uiwer hadde hei
dat nich miärket. Hei dräggede olle Twicke
ümme un ümme – owwer nix – de Brill hadde
sick cheot vostuoken.

„Na denn nich", siär Kurti no ner halwen
Stunne vochiäben Seuken. „Denn kaup ick
miu iäbens en niggen."

Hei make niu en schönen Haupen van olls, van
dat Chräs, de Bliär un de Twicker. Dann hale
hei de Schiuwkoarrn un de Fuorken un fönk
an, dat chanze Wiärks up to laen.

Os hei niu sau met de Fuorken an Change was,
fäll em dat Varus-Leid in, dat de Lipper
August Bollhöfer sau schön in Platt üowersett
häw.

In einen Vers luort et sau: „Hiärm (de Cherus-
ker), de chreip de Römer an, täterä tätäte,
kreich sick buts den chröttsten Mann, täterä
tätäte, steuk em uppe Fuorken............"

Un chüst os de Hiärm in den Römer, steuk
Kurti met olle Kraft in den Haupen - owwer
wat satt doa met ens uppe Fuorken? Suin Brill!
Chanz vobuogen un ein Tinken midden düer
dat Chlas.

„Doa bisse jä", knüodere Kurti, „owwer sau
kann ick dui auk nich mähr briuken."

Un chüst os de Kaiser Augustus in dat Varus-
Leid noa dat voluorne Schloahn reup: –
„Varus, dat wärt duier!" – sau mosse auk Kurti
singen os hei sick annern Dages buin Optiker
en niggen Brill bestelle: „Dat wärt duier!"

Pickert

De Winter is nich muine Joahrestuid. Owwer de Pickert hölp mui, de duistern un kaulen Dage to voseuten. Mangche Lüie segget auk blauts „Picker", ohne dat „t". Dat kümp doa owwer char nich up an, wichtig ist, dat he schmecket.

Niu sallt jä auk Lüie chiewen, de keinen Pickert mürget, owwer dat send wisse keine echten Vassemsken, echte, met Voaulen van chanz aulen Tuiden. Ick häwwe owwer auk oll beliärwet, dat Teotuogene up'n Pickert-cheschmack kuomen send.

Ick will niu keinen up de Feude triän – annerwechens kennt se auk Pickert. To'n Buispell innen Lippsken. De Unnerscheid to iuse is nicht chraut, owwer mui schmecket de nich sau cheot os iuse un sau denk Kurti auk, owwer de kümp läder to Wor'.

Et chiw drei Suorden van Pickert:

Kastenpickert, Lappenpickert un Püfferken.
Pickert häw eine lange Traditschon un is woll
iut de Naut chebuorn. Arme Lüie hätt dat
Katuffelruiwsel up de blaude Uobenplatten
backet un sau sall dat auk woll schmecket
häbben. Sei hätt nich ümmesüss „Liärnen
Hinnerk" daoteo secht.

In en aulen Cheschichtsbeok häwwe ick
sauwat feonen:

„.........man rieb die Kartoffeln, mengte den
Brei mit Weizenmehl ein, verarbeitete die
Masse mit Butter oder Schmalz und Eiern,
strich den Teig auf die oberste Platte des
Stubenofens um ihn zu backen...........
Dies häßliche Gefräß ist allgemein beliebt".

De Schruiwer häw iärms den Pickert van
vandage nich kennt.

Läderhen häw man den Deik nich mähr up de
heiden Uobenplatten striäken, sonnern up eine
Pickertplatten.

Also, wat ick votellen woll: Kurti isser derbe achterhiär, achtern Pickert. Wenn't Hiärwst wärd un de dicken Katuffeln send iut de Ärn, denn fäng hei ümmer an to quengeln. „Muin leiw Wuiwken", sech hei dann sau chanz schmui, „kanns diu nich ens wiär Pickert maken?"

„Wekke Suorde denn?" Fröch düsse dann.

„An leiwsten olle drei!"

„Nei, dat is mui tovierl Arbeit, diu moss dui schon entscheiden."

„Is dat dann nich olls de sülwge Deik, rieben Katuffen un'n biärden Miähl?"

„Och, diu dösige Kärl! Noa oll den Joahrn moss diu dat doch woll metkräigen häbben, wo de Unnerscheid lich."

„Weiss wat", mende Kurti uiwerch, „ick sen doch niu Rentner un häwwe masse Tuid; ick kann dui de Arbeit doch afniähmen."

„Muinswiägen", lache et, „wenn diu di dat teotruwwest, van Harden chärn, dann kann ick mui ressen."

„Diu moss mui owwer de Rezepte chiewen", siär hei.

„Wenn't süss nix is", mende et. „Huier, in düssen blowwen Schruiwheft, doa steiht se inne; no van muine Mammen upschriewen, un de häw se van ehr Mammen üowernuohmen."

Un Kurti fönk an to liäsen:

Kastenpickert

2 ½ kg Kartoffeln schälen, waschen, reiben.
1   kg Mehl
2   Eier
2   El.Zucker
3   Tl.Salz
40   g Hefe
250 g Rosinen, nach Belieben

Hefe in etwas Milch und dem
Zucker auflösen, unter den Teig
rühren,
den Teig in eine gut gefettete
und mit Semmelbröseln ausge-
streute Kastenform geben und
zum Gehen an einen warmen Ort
stellen. Wenn der Teig etwa
doppelt so hoch ist, ihn im
Backofen bei 200 Grad etwa 2
Stunden backen,
den erkalteten Pickert in
Scheiben schneiden und in
Butter oder Öl bräunen.

Püfferken

8-10	dicke Kartoffeln schälen, waschen, reiben Flüssigkeit ablaufen lassen Stärke wieder zugeben
4	Eier
1	El. Salz
500	g Mehl

250   g Rosinen
1/4   l Milch
20   g Hefe

Hefe mit etwas Milch und dem
Zucker auflösen und zum Teig
geben, Rosinen hinzugeben,
zum Gehen an einen warmen Ort
stellen,
etwas Öl in die Pfanne geben
und 3 bis 5 Plätzchen auf
beiden Seiten braun und
knusprig braten.

Zu Püfferken und Kastenpickert
reicht man Butter, Marmelade
und Rübenkraut (Sirup), dazu
wird Kaffee getrunken.

Lappenpickert

1000   g geriebene Kartoffeln,
        das Wasser abgießen,
        Stärke wieder zugeben.
8 - 10 Eier, etwas Salz
8   geriebene Zwiebäcke

**Den Teig auf das gefettete
Backblech dünn aufstreichen und
mit dünn geschnittenem durch-
wachsenen Speck belegen
bei 180 bis 200 Grad zartgelb
backen.**

**Nach dem Backen sofort in
Stücke schneiden und
in heißem Fett in der Pfanne
von beiden Seiten braten.**

No'ne halwen Stunne make Kurti dat Beok teo
un stond up.

„No? Met wekke Suorden woss diu niu
anfangen? Wofo häs diu dui entschluorden?"
Frochte sinne Fruwwen.

„Ick häwwe mui entschlurden, ick lade dui van
Oamd to'n Iärden in, no Vahlenkamp in
Suinghiusen. De send oll met'n Pickertbacken
anfangen, häw ick chistern innen Blättken
liäsen. Olle drei Suorden."

Tante Mathildes Pickertrezept

Pickert iut'n Ravensbiärger Lanne

2 Kilo Katuffel, 1 Kilo Miähl, 2 Tel. Saolt, 4 Egger, 2 Würfel Chest

Chest innen Köppken lauwarme Mialke bröckeln un mit 'ne Choawel chlatt röehrn. De dicken Katuffel innen chrauden Kump ruiwen un niu olls duiernanner misken un derbe met'n chrauden Holtliäpel schloahn, bes de Deich wackelt.

De Lipper iät den Pickert chärne met Rosuinen. Ick sin auk doafo un niähme fo son'n chrauden Pickert ein Päcksken (200 g). Niu kümp de Deich in de cheot iutfeddeten, met Paniermiähl doüower, Pickertfourm. Doamet inne warmen Küoken anne warme Stuie to'n choahn loaden henstellen. – Uppassen – Toch draffe he nich hebben!

Wenn de Höchte van'n Deich sick voduwwelt häw, doamet sachte in den Backuoben, de niu

up Stufe 5 steiht, noa 5 Min. dann bui Stufe 3
1 1/2 – 2 Stunnen backen. Donoa no 1 Stunne
innen Backuoben stoahn loaden. Dann is de
Pickert choldbriun un cheot to'n ümme
stoerden, niu kann nix mähr passiern.

Wenn'ne kault is, Trellen afschnuien (dicker
os bui Braut), rin inne Pannen met dän heiden
Sunnenbleomenüolje, un tengern lichte briun
wärn loaden, butz up'n Dischk un doateo
Boddern, Sapp un Marmelade.

Et chiw auk Lüie, de chärne Pickert met Sapp
un Liäwerwurst iät! Nix fo uncheot, owwer
doamet könn ji mui "jagen" bes unnerhalf
vann'n Ramskenbrinke, doa sen ick uppe Welt
kuomen! –
Wenn jui de Hälfte van düssen Rezept
niehrmt, dann in 2-Pundsfourmen.

Odder no ruiwer cheiht et met Katuffel-
püfferkes!!

1 Pund Katuffeln, 1 Pund Miähl, 2 Egger,
bierden Saolt, 1/2 Würfel Chest, de Rosuinen

in Mialke os buoben! De Deich inne Schüodel
cheot 'ne halwe Stunne choahn loaden.

Fo muine jungen Frünne os ümmer

Tante Mathilde!

Der Christbaum ist der schönste Baum....

Un wiär was't sau wuit: Wuihnachten stond vo
de Duier. Jedes Joahr nimp Kurti sick vo, dütt
Hassebassen inne lesten Dage vo Wuihnachten
nich met to maken. Dütt Jagen no de lesten
Cheschenke, dütt Kretten, off auk olls doa is fo
dat chraude Festiäden, un nich tolest dat
Iutseuken van den Dannenbaum un sau
wuider, un sau wuider - dütt Joahr nich!

Un jedes Joahr is et dat sülwige, et kümp wat
doa tüschken, wo man nich an dacht häw, un
dat Wurseln cheiht wiär lös.

„Dütt Joahr owwer", sech Kurti, „dütt Joahr
löpp dat anners! Ick fange oll innen Hiärwst an
un annen drüdden Advent häwwe ick dann olls
regelt." Soss läuwen odder nich – dat hadde
hei auk düier tuogen, blauts de Dannenbaum
fähle noch. Fo den Dannenbaum is Kurti
alleine teostännig un auk fo olls, wat doa
teohort.

„Diu moss niu owwer wanners iut de Puschken kuomen, wenn diu no'n onlicken Baum häbben woss", stiärkere sinne Fruwwen.

„Dat häw no Tuid, ick will'n chanz frischk schloahn', doamet de nich sau ruiwe noadelt", was Kurtis Meinung. Annern Dach leich hei innen Bedde met vertich Feiwer, hei hadde sick derbe vokuihlt. „Auk dat no", siär sinne Fruwwen un kuoke em Tei, make em natte heide Ümmeschläge un vosuorge em met Aspirin un Vitaminen.

Noa drei Dagen chäng et wiär met em, de Kneie wackelden no, owwer hei was wiär uppe Beine; einen Dach vo Heilichoahmd. „Wo cheot, dat ick olls oll inne Ruige häwwe", dachte hei, sette sick in sinnen Liänsteohl un döse in. Annern Dach - Heilichoahmd - ümme teggen siär sinne Fruwwen: „Niu wärd't owwer Tuid, dat diu den Dannenbaum upstells un feddich makst, van üornern will ick de Üolerigge nich mähr häbben, ümme fuiwe dann kuomt de Kinner un Enkelkinner."

O Donnerschlach! Den Dannenbaum hadde Kurti bui sinne Krankheit chanz vochiäden. Niu make hei sick tengern uppen Patt. Owwer wat'n Malör – et chaw keine Dannenbäume mähr, olle wörn vokofft. Hei föhr van einen Cheschäft, van einen Chörner to'n annern – nix! Doa, bui den lesten Chörner hadde hei Chlücke. „Doa steiht no einer anne Ecke, nimm'n man met, kost auk nix, ick sin frouh, wenn ick den Staken lös sin"! Sau küierde de Mann un in sinne Vozweiflung namm Kurti den Baum met, ohne en sick wuider to bekuiken.

To Hius owwer krich suin Frusminschke baule 'n Dahlschlach. „Met so'n Ruiserbessen kümms diu an? Häs diu denn keine Augen inne Koppe – wo kanns diu et wagen met sau wat no Huis to kuomen?"
„Et was was de leste", siär hei un sackede ümmer mähr in sick tohaupe.

„Unner sücke Iärftebraken sall ick van Oahmd singen: ‚De Christbaum is de schönste Baum, den wir auf Erden kennen'? Dat kanns alleine doan, fo mui is Wuihnachten oll wiäsen!"

„Niu teuw doch ärst moal aff", siär Kurti, „doa lött sick doch no wat iut maken, kenns mui doch!" Owwer dat hörde et nich mähr, et hadde de Duiern achter sick teoschloahn, dat de Riuden wackelden.

Kurti make sick anne Arbeit. Hei fäng an to sagen un bohrn. Schnuit an eine Stuie 'n Twick aff un klefte en anne annere Stuie wiär an. Dat duerde so'n Stündken – un o Wunner – de Baum soach chanz manierlick iut. En biärden licht un en biärden minne woll, owwer wenn doa onlick Schmuck, Kerssen un so'n Tuiges up wörn, denn fäll dat choar nich mähr up, mende Kurti.

Un noch ens so'n Stündken, Middagstuid was längs vobui, doa stond hei, de Baum, vull met Kugeln, Kerssen, Lametta un Sternkes un was stoats antokuiken.

„Muin leiw Wuiwken, diu kanns wiär rin
kuomen, et is olls feddich un reggen häw ick
auk oll makt!" Sau locke hei sin Frusminschke
innen Stuobm. Et kam auk un kuike un siär nix
– dat was oll vierl!

Sau hätt se dann doch noch chlücklick
Wuihnachten fuiert met de chanze Famuilje
un os de Baum brenne un de Lüttken sau
schön „O Dannenbaum" sungen, packe de
Fruwwen stickum Kurtis Hand un siär:
„Ick läuwe, sonnen schönen Baum hät wui no
nie hat."

O Dannenbaum, o Dannenbaum

O Dannenbaum, o Dannenbaum,
wo chreun send duine Twoige.
Diu bis nich blauts in'n Sommer chroin,
diu kanns et auk in'n Winter suin.
O Dannenbaum, o Dannenbaum.
wo chreun send duine Twoige.

O Dannenbaum, o Dannenbaum,
diu kanns mui mort chefallen.
Wo faken häw to Wuihnachtstuid
en Baum van dui mui maket Freud.
O Dannenbaum, o Dannenbaum,
diu kanns mui mort chefallen.

O Dannenbaum, o Dannenbaum,
duin Chreun will mui wat lährn,
De Huopnje un Bestännichkeit
chiw Meot un Kraft to jeder Tuid.
O Dannenbaum, o Dannenbaum,
dat will duin Chroin mui lährn.

Rüen-Sitting

De Noahwers van Kurti hät einen Rüen, so'n lüttken Dackel, Purzel. Dat is de, de doamoals sick in de Kattenfalle fangen häw, ick häwwe oll doavan votellt. Niu wollen de Noahwers moal chärn üower Nijoahr to'n Wintersport föhrn, huiertolanne chiw't doafo jä vierls to weinich Schnei.

Un sei hödden Kurti frocht, of hei denn fo so'n paar Dage up den Rüen uppassen könne. An besten bluiwe Purzel to Huis in sinne chewuohnde Umchebung. Owwer tweimoal annen Dach briuke hei Uitchang un tweimoal en biäden Foer un Wader. Dat aule Dier wör jä doch de meiste Tuid an schloapen.

„Jau", siär Kurti, „dat will ick woll maken. De Rüe kennt mui jä, dat sall woll met us klappen. Doat mui men den Huisduierschlürdel, ick kenne mui jä bui jui iut. Is süss no wat to bedenken?"

"Na ja", de Noahwer druckede so'n biärden. „Lesten Sommer hätt wui en metnuohmen to'n Fuierwierk un doa isse van de Knallerigge ratz dösich worn un suitdem briukt blauts en Iutpuff knallen odder en Luftballon - van Chewitter willt wui cha nich ärst kuiern - un schon siuset hei unnert Sofa un biewet to'n Chottserbarmen. Fo sücke Fälle häw us de Veihdoktor Valium fo dat arme Dierken chiewen un met'n lüttket Stücke Liärwerwurst nimp et dat auk an. Also, wenn Silvester de Böllerigge wiär lös cheiht, denn chiw Purzel men eine van de Pillen, ick legge se uppen Dischk inne Küoken. An besten chiwst dui en dat oll en Stündken vohiär."

Doa soll hei woll met feddich wärn, mende Kurti, un de Noahwer touch beruhicht af.

Os't an Nijoahrsoahmd niu elwe schleuch, chöng Kurti in't Noahwerhuis un fouer den Dackel met de Pille innen Stücksken Liärwerwurst. Haps! make de Rüe, Kurt strierbe en no'n biärden un chöng.

Twei Stunnen läder was buiden olls wiär stille,
un Kurti dachte: „Ick will doch no ens noa den
Dackel seihn." Os hei de Duier lösmake,
kamm en de Rüe oll inne Meude. Hei biewede
annen chanzen Luiwe un wackel, os wenn hei
besuopen wör, un en chrauden Bach hadde hei
auk unner sick maket.

„Och, diu arme Dier", siär Kurti, „häs doch no
olls metkriegen? Hödde ick dui men twei
Pillen chiewen." Un hei namm en met no Hius
un ofwoll sinne Fruwwen en biärden nörgel,
droffte Purzel up Kurtis Beddevorleger
schloapen. Annen annern Muorn chöngt Purzel
wiär cheot, blauts hei hadde so'n Dost, os
wenn hei würklich besuopen wiäsen wör un
schlabber dreimoal sin Näppken liech.

Lichter

Kurti kreich'n Anraup van sinnen Fründ
Heinz: „Häs diu'n biäden Tuid? Ick kann woll
Hölpe briuken. De Struiker in muinen Choarn
send to chraut worn un stoaht vierls to donne
un meut riut. Muine Dochter will se woll
hebben, dat häw jä bowt un no nix innen
Choarn. Ick häwwe jä den Anhänger fo muin
Auto un doa küont wui de Braken met
wechföhrn."

„Jau", siär Kurti, „van üornern häwwe ick
woll Tuid, ümme twei sin ick bui dui."

Dat Iutbuddeln was baule doan un dat Uplaen
auk. Sei hadden de Struiker auk onlick met'n
Reip faste tuogen, denn sei mössen en Stücke
schlechten Wiäges föhrn, met Schlachlöckern
un dicken Steinen.

Os se dann endlick uppe Bundesstroade wörn,
mende Heinz: „Dat kann'm doch chluiks
miärken, wenn'm uppe chlatte Stroaden is, dat
föhrt sick doch vierl lichter!"

Kurti hadde sick chüst ümmekiäken no den Anhänger un anworde em:

„Dat kann ick dui woll seggen, worümme et sick niu lichter föhrt – de chanzen Braken send vannen Hänger stott."

De beiden kräigen'n chrauden Schrecken. „Wenn'm blauts nix passiert is", reup Heinz. „Wui meut butz trüge!" Sei dräggeden ümme un konnen de Bescherung seihn: Olle 100 m lach son Struik uppe Stroade. Ruiwe sammeln sei olls wiär in un up.

Bui den lesten Struik hault oll en anner Auto. De Fahrer was iutstiegen un stüohne: „Baule wör ick doa üowerföhrt. Lüie, dat is nich uncheföhrlck. Hätt jui dat nich'n biäden faster maken konnt?"

Dat däen de beiden niu auk un dräggeden wiär ümme. Dat Auto föhr niu nich mähr sau lichte, owwer den beiden Helden wör't lichter teo Harden, wuil olls no moal cheot choahn was.

De Hiuschlachterigge in Vassem

Dat Schlachten

Tweimoal innen Joahr word schlachtet. Dat ärste Moal vo Wuihnachten, dat tweide Moal tüschken Wuihnachten un Sünne Peider.

Dat Schwuin word iutkierken un kreich'n Teiken up'n Rüch. De Trichinenbeschauer mosse kuomen un dat Schwuin bekuiken, of et schlachtet wärn droffte. Auk de Schlächter mosse buituiden bestellt wärn.

Wenn dann Schlachtedag was, cheng dat muorns ol fröih ümme fuiwe löss. Füier word unnern Keohpot maket, un olls vobereitet: Stricke, de Schwengel (Krummholz), Äxen, Flaschkentouch, Leddern, Bessen, Steinpott, Ömmer, Löde un sau wuider.

De Katten word insperrt, un de Ruie kamm anne Kuien. Un nich vochierden: de Buddel met den kloaren Schluck mosse kault stellt wärn.

Ümme sierben kamm de Schlächter. An sinnen Rae hadde hei suin Handwiärkstuich: Sagen, Äxen, Schussapparoat, Messte – chraude un lüttke, Chlocken to'n Schrappen.

De Schlächter un de Buer oder de Papp'n innen Hiuse packen sick dat Schwuin bien Stärt un bui de Ohrn un brochten et inne Waschküoken. Doa kreich dat Schwuin met den chrauden Holthamer ennen vo den Kopp un was betäubt. De Schussapparoat word vo den Kopp sett un schuoden. Niu mosse chanz ruiwe afstuoken wärn un dat Bleot upfangen un innen Steinpott derbe röert wärn, bet dat et kault was un sick nich in Klumpen sedden konn.

Dann mosse dat Schwuin brüht wärn. Ömmer met kuoken Wader word pleckenwuise üower dat Schwuin chuoden un de Schlächter schrappe met de Chlocken de Bössen un dat Fell runner. Hei tauch met den Haken anne Chlocken de Klauen runner. Siähnen anne Spitzbeine wörn upschnuien, de Schwengel doa düierstiäken un met'n Strick odder Flaschkentouch dat Schwuin inne Heuchte tuogen.

Niu hang dat Schwuin annen Haken. De Schlächter namm 'n chraut Messt un schneit dat Schwuin van unnern bet buoben up. De Diärmen un dat Incheweide word heriut nuomen un iudeneine plücket. Liäwern, Lunge, Harde, Magen – et word olls to'n Wursten briuket. De Dünndarm mosse schrapped wärn un ümmetuogen un kamm bet to'n Wursten in Solt. De Bloasen word reggen makt un met de Luftpumpen uppumpet un to'n drüigen uphangen. De Kahnpiersing kamm innen Appelbau fo de Vügel in'n Winter.

Dat Schwein in twei Hälften deilen, mosse chanz akkuroat maket wärn. Met son'ne chraude Schlächteräxen word chenau duier den Rüchstrang schloan.

Dat Chehirn word riutnuomen un kamm middags inne Pannen. Dann mosse dat Schwuin no enns richtig reggen wuoschken wärn. Niu droffte et afdruigen un drei Dage kault hangen.

De Trichinenbeschauer kamm un bekeik un unnersochte dat chanze Wiärks no enns, namm Proben van dat Fleischk un unnersochte de unner

suin Trichinoskop. Wenn olls inne Ruige was, make
hei ollerhand Stempels up dat Fleischk un dann konn
wurstet wärn.

De Hiuschlachterigge in Vassem

Dat Wursten

De Schlachter kamm Oahms vohier un schnuit
dat Schwuin iudeneine, doamet'm annern
Muorn oll fröih met Wursten anfangen konn.

Dat Fleischk word updelt in Broanfleischk,
Fleischk fo de Wurst, Schinken un Speck.
Pötkes, Stert, Neiern un Oahrn kammen innen
Pökelkump. Et mosse van Anfang an kloar suin,
wat fo Wurst maket wärn soll. Meistendeils
word Plockwurst, Mettwurst, Bleotwurst,
Liäwerwurst un Möpkenbraut maket.

De Broan keimen in den Broanpott, wörn met
Suipel un Solt anbroat un in Chliäser inkuokt.

De Fleomen wörn aftuogen, in Struiben un
Würpel schnuien un innen Broanpott iutloaden.
Dat Schmolt kamm innen Steinpott, de
Chruiben schmecken besonners cheot no warme
up frischket Braut odder teo Broatkatuffeln.

Dat Fleischk fo Plockwurst un Mettwurst word van 'ne Knuoken schnuien, affsocht un duier de Müohlen dregget. De restlicken Knuoken wörn tohaupe socht un kammen met Fleischk, Harde, Schwoarn, Bauchpeck, Tungen un olls wat üower was, innen Keohpott un word kuoket.

To de Plockwurst kamm Rindfleischk un wenn 'm nich sümmest 'n Keoh schlachtet hadde, koffte man sick en Verdel Rind dobui.

Dat Schwuinefleischk un Rindfleischk kamm duier de Müohlen un word met Solt, Pierper un Zucker duierneine menget, afschmeckt un to chraude Ballen formt.

De Stoppmüohlen kamm an den Dischk un de chrauden Ballen in de Müohlen. De Diärmen wörn up de Tüllen tuogen, un dat ferdige Fleischmengelsken in de Diärme sprützt.

De Würste mössen cheot afbiunen wärn, dat se nich afstrüppen. Dat sülwge word auk met de Mettwurst maket. De ferdigen Plockwürste un Mettwurstkringel keimen up de Schnuisen to'n druigen.

Niu sochte man dat Fleischk, wat innen Keopott kuoket was, iudeneine fo Liäwerwurst, Bleotwurst und Möpkenbraut. Fo de Liäwerwurst word hellet Fleischk nuomen un Schwoarn iutsocht; de Liäwern brüht und dat chanze duier de Müohlen dregget. Afschmeckt met vierl Chewürze, Suipel un'n biertken Miähl, duierneine röehrt, in den Papuierdarm füllt un uphangen.

De Bleoturst word jüst sau maket. Dunkel Fleischk un Schwoarn duier de Müohlen dregget, dat Harde in lüttke Würpel schnuien, den Speck auk. De Tungen worn aftuogen un in Speck inrullt. Dann kamm dat Bleot doateo, dat chanze Wiärks afschmeckt, innen Papuierdarm odder in de Bloasen un Buttende füllt. De inrullden Tungen worn in Stücke schnuien un in de Würste vodellt. Dann konn teobiunen und uphangen wärn.

Bui'n Möpkenbraut was et nix anners, blauts
kamm doa Bleot, Speckwürpel un nich sau vierl
Fleischk in, doafo owwer Roggenschrot.

De fertige Liäwerwurst, Bleotwurst un auk dat
Möpkenbraut keimen innen Keohpott un
mössen chanz sachte kuoket wärn. De
Schlachtebrühe, de no üower was, word auk in
Chliäser inkuoket.

Plockwurst un Mettwurst mosse twei Wiäken
druigen un ruipen, erst dann kammen se innen
Rauck. Bleotwurst, Liäwerwurst un Möpkenbraut
worn auk räukert. Schinken un Speck keimen erst
noa veier bet sess Wiäken iut den Pökelkump.
Worn dann naumoal en paar Dage in Wader leggt,
dann uphangen to'n druigen. Erst wenn de Schin-
ken richtig afdruiget was, kamme met in den Rauk,
auk sau de Speck, fo twei bet drei Wiäken.

Schlachtetuid in muine Kinnertuid

Iuse Wurst un Fleischk was olle, niu mosse wiär schlachtet wärn. De Joahrstuid hadde jä ein „r" innen Monatsnamen. Also chäng dat. De Hiusschlächter make dat jä van jehiär inne kaulen Joahrstuid.

Düsse Lüie arbeiden auk inne Landwirtschaft, wat meist nich son chraut Wiärk was. Et wörn meistens wecke iut'n Kuoden. Owwer sei vostönnen ehr Handwiärk woll un cheot un reggen wörn sei auk. Dat Schwuin to'n sümmest schlachten un upiärden hädden sick de Lüie oll längst iutkierken. De Tropp de doa teo horde, was niu oll längst vokofft. Düt eine word dann no ne tuidlang extra cheot vosuorget, dat Fleischk soll dann bierder suin, vo ollen Dingen kerniger, un keine Rüorke van Fischkmiähl droffe doabui suin. Roggenmiähl, Chastenmiähl un son biertken Wader was dat beste Fouer. De üowerschierigen Magermiälke kam auk innen Troch. Fo de biäderen Vodauung word no sonne Handvull

Noahmahd innen Troch schmierden, dat müget de Schwuine chärn.

To den beseggten Dag, an den niu schlachtet wern soll, mosse vohier vierl inne un uppe Ruige brocht wern. Bin Schlächter mosse men no Dag un Stunne froagen, wenn hei Tuid hadde.

Doanoa word de Trichinenbeschauer bestellt. Düsse Minschke mosse dat Schwuin bekuiken, lebennich un daude. Ick häwwe nie hort, dat et wat iuttosetten chaff. Wenn düsse Minschke sau lüttke Stücke Fleischk van einigen Stellen unnersocht hadde, kamm 'n Stempel up dat Fleischk „Trichinenfrei, Loxten II".

Un dann chafft innen Hiuse auk wat to schuiern. Olle Löde un Cheschuier wat men in de annern Tuid nich briuke, mosse blitzblank suin. Auk Holt un Küehle mössen paroat liggen. Men droffe sick jä nich mähr schierderch maken. De Keohpott mosse voll Wader suin. Wenn't löss chäng, mosse dat ja auk heit suin. De aule Koffekierdel mosse auk

uppen Keohpottsdeckel stoahn. Dat Schlachten
van dat Dier konn ick nich seihn, ick sin
iutriärden, jüst unnert Bedde. Dann halen sei
mui Bleot röehern. Doa kamm Solt in un nen
derben Schlaht kault Wader. Wenn dat Bleot
niu kault cheneoch was, word et innen Keller
brocht.

Och jau, nich teo vochierden, düsse Schlächter
dröich bui sinne Arbeit olltuid sinnen blowwen
wittstrierpten Kiddel un ne blowwe Schödden
doaüower. Ick läuwe, de Folge van dat Hand-
wiärkstuig, wat anne Ruige kam, kennde de
innen Schloape. Was dat Schwuin niu daude,
mosse Papa met den ersten Kierdel kuorkt
Wader doa stoahn, to'n affbröggen, dat de
Bössen runner chängen. De Keohpott mosse
ümmer vull suin, et word olltuid Wader noa
schüttet un noabott.

Un dann dütt Schrappen met de Chlocken.
Chäng et no nich, word no son bierden kuorkt
Wader noa chuoden. Tolest keimen no
einmoal de Feude un de Schniuden ran. Dann
wörn den Schwuine de Scheoh iuttuogen un de

Augen wegnuomen. Papa kiehrde dann Bössen un Scheoh tohaupe, lade olls innen Droaht- kuorf, spöilde dat aff un brochte et noa biuden annen Mess.

Doa halde sick de „Lunten Hugo" de Bössen weg un vokoffte se wuider. Et chaff doavan sau schöne Kläerbössen. „Echte Schweine- borsten" stond doa uppe. De aule Middenderp siär dann: „Niu is et (dat Schwuin) sau fuin, jui könnt et met annen Dischk niährmen." Dat chaff'n chraut Chelächter un dao up word erst moal'n Schluck drunken.

Dann kam de Krummstock iut de Ecke un word unner de Siehrnen an de Ächterfeude stiäken un dann met den Flaschkentog, den Papa oll Dage vohiär anbrocht hadde, hauge tuogen. Niu chafft wiär en Schluck. Dat Schwuin word niu schön reggen wuoschken un dann van buoben dal no unner upschschnieen un iutnuomen. De aule Middenderp votellde dann jedes Moal: „ Sau süht et bui us Minschken auk iut, blauts dreimoal sau lüttk." Wo no'n paar Bössen seiden, de wörn noa'n kaputtschnieen afflämmt. Dat Geschlechtsdeil word innen Buiernbaum uphangen, fo de Vügel.

Wenn dat Schwuin dann annern Dages sau up den langen Wurstedischk lach, doa was et doch ein chraut Stücke Fleischk! Un niu, wenn dat Dier duierküihlt was, word et in de richtigen Deile schnuien, de fo dat Wursten voseihn wörn. Ein Schinken word met vowurstet. Wui breoken jä auk vierl Mettwurst fo dat Middagiärden un to'n Broan.

De Broan kam in de Inkuorkchliäser un word teokuoket. Fleischk mott 2 Stunnen kuoken. Ick häwwe mui os Kuind ümmer fröwwet, wenn de Schlächter mende: „Et is owwer dütmoal vierl Sommermett." De dicken Backen wörn auk soltet un dann met räukert. Dat was dann auk'n lecker Sunndagsiärden.

To'n Schwuin kaputt schnuien dröich de Schlachter niu einen witt-blow strierpten Kiddel un 'ne widde Schödden un doa ümme dat Koppel un den Halfter met de Mester un den Wettstoahl.

Et wörn allerhand Sorden Wurst maket. Dat Afschmecken met Gewürze un Pierper was ne richtige Kunst. De Diärmen, wo de Wurst rin kam, wörn van den sülwigen Schwuin. Dat Reggenmaken van de Diärmen was ne schierderigge un tuidniehrmende Arbeit. Owwer wenn dann de Würste tellt worn, kam Stolt inne Bost; niu hadde men wier Fleischk un dütt frischke Fleischk schmecke besonners cheot.

Wenn de eine odder annere Magenpuine hadde, de drank sick stillken no nen Schluck. Süss heide dat noahiär, dat Schwuin häw dui woll triän.

Inne Pierke, dat Soltfatt, satt de Schinken woll anne sess Wiärken. Hei word, os men sau siär, so'n bierdken vochierden. De namm sau wie sau blaut son chewisse Quantum Solt an. Jeder make suin Wursten un Solten up suine

109

Oart un jeder make et richtig. Hauptsake, et vodarf nix.

De chraude Schlach

Dat Schlachten word inne Waschkküoken
maket. Et was'n bierden enge.

Schlächter Frittken hale to sinnen chrauden
Rundümmeschlach iut – dat Schwuin hadde
hei nich druopen, owwer hei hadde de chanzen
Börde anne Wand wechschloan!

O Chuttechutt! Wat was dütt doch fo'n
Bedruiw!

Olls lag uppe Ärn. Un tüschken de kaputten
Üoljepullen, Zucker, Solt, Sapp, Essig un
Miähl stond dat arme Schwuin un wunner
sick.....

Owwer lesten Endes mosse et doch anne
läuwen!

Steckdosen-Schwein

De Stert

Wui hödden twei Schwuine in'n Stalle, de vo iusen eigenen Vobriuk schlachtet un vowurstet wörn. Wuil dat ruiklig was, woll wui dat eine Joahr en halwet Schwuin annen Klein-fleischkhändler vokaupen. De Händler, met denn wui den Vokaup afküert hödden, hale des Muorns dat halwe Schwuin af.

Os middags iuse Lüid, doamoals sierben Joahr ault, iut de Scheole kamm, chaff et'n chraudet Geschrägge un Trainen – de Händler hadde de Schwuinehälfte met den S t e r t metnuomen, den et, wenn et Iärftensuppen chaff, sau chärn afnabbel.

Wenn et den häbben woll, soll et'n sick men wuier halen, word den Lüid secht. Et fohrde auk saubas met den Rae lös no den Händler hen.

De chaff en den Stert un siär: „Lüid, diu häs jä Recht, de Stert mott ümmer innen Hiuse bluiwen!"

Muine Tanten un de Niergelkenpierper

Innen Hiärwst, wenn et ant Schlachten un Wursten chäng, was et 'ne uilige Tuid. Bui us word inne Waskkürken schlachtet un ein paar Dage läder auk wurstet.

Faken keimen Tante Emma un Tante Meta, de Süsters van muine Mammen, un Tante Frieda, dat Süster van Papa, to'n helpen.

Oma satt inne Kürken un passede up, dat wui Kinner nich in de Neichte van de chrauten, heiten Pödde up de Maschuinen keimen.

Inne Waskkürken word et ümmer dann helle, wenn de Deich (Brich) vo de Raut- un Liärwerwurst afschmecket word. Et chäng alltuid ümme den Niergelkenpierper, de doa an soll. De veier Frusluie kreigen sick jedesmoal baule anne Köppe.

Do't doa nich to vierl an", siär muine Mammen. „Wui innen Ächterduorp niermt cha keinen Niergelkenpierper", dat was Tante Meta.

En biertken mott doa an, süss is et to leipe", hörde ick Tante Emma seggen.

„Niu maket teo, dat wui en Ende kruiget, düsse Tiuden vull Niergelkenpierper kann chanz w i s s e no in de Rautwurst", melde sick Tante Frieda reselfeiert to Wort.

Korttuidig was Ruhe – un dann hörden wui en Upschreggen: „Huh, chuttechutt, niu is dui de Kadde met den Moade weglaupen!" Sau schreggeden Tante Meta un Tante Emma iut einen Munne.

Lesten Ennes häw de Wurst owwer doch ümmer cheot schmecket.

Suit muine Kinnertuid bes vandage denke ick, wenn et ümme Wursten cheiht, an Niergelken-pierper und muine Tanten.

„Koarlchruip"

Hinnerk un Koarl wollen 'ne chraude Sugen
schlachten.

Et was owwer muorns no innen diermstern un
de erste Schlach, de dat Schwuin inne ewigen
Jagdchrünne beföddern soll, chäng do buihiär.

Os'm sick woll denken kann, word de Sugen
derbe wahnig un chäng up de beiden löss.

Hinnerk woll sick tengern in Sierkerheit
bringen un sprang vo liuder Angst uppe
Huilen.

Van buoben bölke hei herunner: „ Koarl –
chruip, chruip teo, odder wui send voluorn!"

Van de Tuid hadde hei den Spitznamen
„Koarlchruip"!

Glücks-Schwein

„Wo rohe Kräfte........"

Dat Schwuin hang up de Leddern.

Niu mosse et in twei Deile schloan wern,
genau annen Rüchstrang lang.

Schlächter Frittken Temme namm Moade un
howwe teo. Hei hadde woll cheot freuhstückt
- et was'n derben Schlach!

De chanzen Plöcke vanne Leddern hadde hei
met duierschloan.

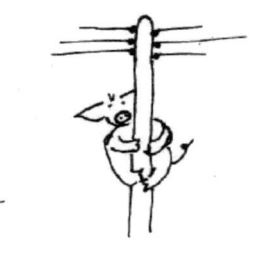

Mast-Schwein

Schwattschlachten

Et was buin Schwuineschlachten innen Winter 1946.

Adolf Henselmegger, de Trichinenbeschauer, kamm, ümme dat schlachtete Schwuin teo bekuiken.

Olls was sau wuit in'ne Ruige.

Owwer dann kamm Heinz, so'n Buck van Jungen, un kamm sick chanz wichtig vo. „Onkel," siär hei, „Onkel, ein Schwein haben wir noch unter den Buschen versteckt!"

Erst däe de Onkel, os wenn hei dat char nich vostoahn hadde, owwer dann konn hei et sick nich voknuipen teo seggen: „Kiärl, dat was mui oll sau chediegen vokuomen, dat innen Ömmer twei Harde leigen."

Et was men cheot, dat se sick sau best met em können, süss hödde dat leige iutchoahn können.

De choe Roat

Düsse Bechiebenheit ist woahr, doa was ick sümmest met bui.

Dat Schwuin solle schlachtet wern un de Schlächter sette an teo den Schlach vo den Kopp. Dat draff nich vokuomen, kümp owwer manssen vo - de Schlach satt nich richtig.

Un auk met den tweiden Schlach klappe et nich, dat Schwuin chäng trügge, ümmer blauts trügge!

De Kopp van dat arme Dier was auk oll chanz dick anschwollen un de Schlächter reup in sinne Naut: „Niu sech mui blauts, wo sall ick dat Schwuin dann niu henschloan?"

Ick chaff em den choen Roat: „Niu bluiw men chanz ruhig – schloa't äs vo de Mäse, dann kruit wui den ersten Chang do woll wiär in!"

faules Schwein

De schlaue Katten

In de chanz schlechten Tuit innen un noa'n
Kruige hätt woll de meisten, de Veih hödden,
irgendwann auk moal schwatt schlachtet.

Düsse Bechiebenheit droich sick inne etwas
läderen Mechtuit teo.

Iuse schönen, drichklörten Katten hadde
Kiddens kriägen un wenn de dann onnik
süogen, mosse de Kattenmammen oll wat
mähr to friäden packen odder süss wat
stibitzen.

Sau was ehr iut Noahwers Keller 'n mort
choen Rüeke inne Niäsen kuomen, un se hadde
dann doa auk nen choen Fang maket.

Sei kamm no Hius, den Kopp rischk hauge
innen Nacken, chöng met chanz breide
Vödderbeine, en sau chraut Broanstüke int
Miul, dat et nau üower de Ärn schluier.

Wui hödden nix van dat Schlachten van iusen Noahwer miärket un hätt auk nix secht un nix frocht. Un de siärn auk nix un läuden sick nich anmiärken, dat ehr'n Broan fähle.

Läufer-Schwein

Dat chraude Malör noa 'n Wursten

Endlich was de Schlachtedach to Ende, es was vierl Arbeit wiärsen.

De Würste wörn ferdig, olls üower Suit romt un de lesten sierben Liäwerwurstdosen keimen in den Inkuokpott up de Kuokmaschuinen inne Küoken. Füier word no ens noalecht, inne Stunne sollen de Dosen ferdig suin.

Mammen was derbe kaputt, was oll suit fuif Uhr uppe Beine, sedde sick an den Küokendischk, woll sick blauts 'n bierden ressen un – schläup in.

Met einmoal Donnern un Knallen!!! – Mammen flauch inne Heuchte – et lowte, de Kruich wör wier iutbruoken.

Nei – de Liäwerwurst was explodiert. De Dosen wörn druige kuokt un bet unner de Diärken iudeneine fluogen.

Jau, doa was niu nix mähr anne to maken, düsse Dosen mosse Mammen os Schwund voteiken, van't reggenmaken willt wui char nich ärst küiern!

Dreck-Schwein

Wat'm iut'n Schwuin olls maken kann

Ärst moal wärd en schön Stücke fo den
Schwuinebroan anne Suiten lecht, auk
Koteletts.

Schinken un Specksuiten kuomt int Solt. Dann
wärd dat Fleischk fo Sommerwurst iutsortiert,
wat nich sau schön is, nimmt man fo Mett-
wurst, de kann'm cheot infreisen odder auk
räukern fo den Middagspott.

Van den Fleomen wärd de Hiut auftuogen,
passend trechteschnuien un nägget, doa wärd
de Sommerwurst instopped.

De Fleomen wärd iutloaden, dat chiff chanz
lecker Fleomenfett un wat doavan üowerbliw
send Schreiben, de schmeckt chanz best up
Schwattbraut.

Olls andere kümmt in'n Keohpott met
Gewürze un wenn't char is, wärd doavan
Liäwerwurst, Rautwurst, Bleotwurst un Sülze
makt.

Uisbein wärd met Mett füllt, un in Stulp-
chliäser doan un teokuoket. Dat kann'm läder
in Schuiben schnuin un inne Pannen broan,
auk up't Bodderbraut schmecket dat lecker.

Sau bliw nix üower, auk nich de Schwuine-
bössen fo den Bössenmaker odder de dicke
Hiut fo Schwuineliär.

Un iut de Knuoken wärd Seipen kuokt, wekker
sick doa no up vosteiht.

Eisbein-Schwein

Inhalt

Kotelett-Schwein

Miss Piggie

Un niu will ick mui no bedanken bui olle, de
mui düsse Dönekens votellt un mui auk süss
votellt un mui auk süss holpen hätt:

Beate
Christa
Doris
Elli
Grete
Günter
Heinz
Karl-Friedrich
Kriemhild
Magdalene
Marianne
Richard
Sylke
un „Kurti"

Spar-Schwein